U0692398

月光粉碎

许春樵 著

浙江文艺出版社
Zhejiang Literature & Art Publishing House

图书在版编目(CIP)数据

月光粉碎 / 许春樵著 . —杭州：浙江文艺出版社，
2023.10
ISBN 978-7-5339-7373-5

Ⅰ.①月… Ⅱ.①许… Ⅲ.①中篇小说—小说
集—中国—当代②短篇小说—小说集—中国—当代
Ⅳ.①I247.7

中国国家版本馆CIP数据核字(2023)第179376号

策划统筹	王晓乐	**责任编辑**	汤明明
责任校对	许红梅	**责任印制**	张丽敏
营销编辑	张恩惠	**数字编辑**	姜梦冉　诸婧琦
封面设计	吴　瑕		

月光粉碎

许春樵　著

出版发行	浙江文艺出版社
地　　址	杭州市体育场路347号
邮　　编	310006
电　　话	0571-85176953(总编办)
	0571-85152727(市场部)
制　　版	杭州天一图文制作有限公司
印　　刷	浙江新华印刷技术有限公司
开　　本	787毫米×1092毫米　1/32
字　　数	144千字
印　　张	8.125
插　　页	5
版　　次	2023年10月第1版
印　　次	2023年10月第1次印刷
书　　号	ISBN 978-7-5339-7373-5
定　　价	59.80元

目录

麦子熟了

1

好几个月了，电子厂的订单出奇地少。订单一少，麦叶她们就不用加班了，没了加班的夜里，躺在床上，翻来覆去，死活睡不着。麦叶问麦穗是怎么回事，麦穗说："想男人！"

麦叶脸红了，吞吞吐吐辩解说想老家的孩子，麦穗说："不对，是想男人！"

馊主意是麦穗想出来的，下班后到镇上的建筑工地扛水泥、卸黄沙，麦叶担心吃不消，麦穗说："不累个半死，你夜里怎么睡？"怕麦叶不明白，麦穗又补了一句："把女人累成男人，把男人累成畜牲，出门打工，就这命！"

麦叶是麦穗带出来打工的，平时她总是听麦穗的。

可说好了去工地的这天傍晚麦穗却不见了，打电话，没人接。

工厂在镇子边上，麦叶三步并作两步地急赶到镇上，麦穗回电话说此刻正跟微信上的一个网友在县城街边吃烧烤。

麦叶被麦穗放了鸽子。

在街口一个流动挑子上吃了碗面条，天就黑了，麦叶去找在镇上"海天足浴城"上班的麦苗，她想劝麦苗回电子厂，帮人洗脚太腌臜人了，回老家也说不出口。一个村子出来的，一个人出事，等于集体上吊。可足浴城那个嘴唇跟门匾上的霓虹灯光一样猩红的前台小姐很不友好地告诉麦叶："技师晚上不准会客！"

麦叶租住的下浦村离镇上两里路，一里多路没路灯，报纸上说这一带半年内抢劫强奸的案子犯了六起，四起没破。想到这，夜色中站在街边的麦叶两腿打软，心里发毛。

正一筹莫展，一辆摩的卷着一股黑烟在麦叶脚边突然刹住，橘黄色的头盔里面吐出黑烟一样呛人的声音："上来吧！三块钱！"

麦叶不敢上。头盔里的声音很轻松："你是装配线上的，我认得你。一个厂子的！"

上车的感觉像上贼船。

坐在车后的麦叶被一种野蛮的速度蛊惑着，满鼻子满嘴里呛满了头盔男人身上的汗馊味和烟草味，这是一种陌生而熟悉的味道，像麻辣火锅的味道，又像是乡下灶膛里烤红薯的味道，味道钻进心里，心里一气乱晃，有那么一个瞬间，麦叶突然想抱住男人的腰，当她意识到腰的主人是个男人时，蠢蠢欲动的手触电似的僵住了。离家一年多了，男人的身体和男人的气息在她的生活中已经死绝了。

下了车，摩的司机收下麦叶五块钱纸币，找了零，又从口袋里掏出一张硬纸片强行塞到麦叶手里："上面有号码，需要用车就给我打电话！"

出租屋又停电了。躺在黑暗中的麦叶望着更加黑暗的屋顶想象着头盔男人，头盔男人说他在厂区开电瓶运货车，可她就是想象不出是怎样的模样。

屋里的黑暗潮水一样漫上来，麦叶有一种要被淹死的感觉。

麦叶最初听到的是老鼠咬床腿的声音，后来改啃墙角的纸箱，先前装饼干的纸箱里放着鞋子、袜子、肥皂、卫生巾之类的杂物，老鼠在残存的饼干气息中啃得津津有味。麦叶能清晰地感受到老鼠走动的路线以及饥饿中啃啮的表情，这应该是一只妻离子散、流浪他乡的老鼠，麦叶想。

麦叶想喝一口水，但她没有去抓床头的塑料水杯，她怕惊动老鼠。

老鼠是被隔壁屋里突如其来的尖叫声惊走的。

先是床腿不堪重负地吱吱呀呀地惨叫着，然后就是男女短兵相接中你死我活的搏斗和完全失控的尖叫，那种死得其所的尖叫和绝望的喘息在麦叶的大脑中如同晴天霹雳。

麦叶受不了这声音，她在黑暗中捂紧了耳朵，可越捂声音越大。声音像魔鬼。

隔壁住的是高压开关厂的河南女工林月，跟麦叶不是一个厂子的。麦叶想不通平时那个低眉顺眼的林月怎么会在夜里变得这么放肆，屋里哪来的男人？

也许过了一个世纪，也许不到一个小时，隔壁的声音终于平息了，麦叶的心却怦怦直跳起来。

麦叶是在不知不觉中抓起枕头边的电话的。

"你谁呀？"电话里刺刺啦啦，声音很嘈杂。

麦叶抖着声音说："桂生，是我！"

丈夫桂生的声音很不耐烦："深更半夜的，打啥子电话？"

麦叶怯怯地问着："桂生，你在干吗呢？"

桂生在里面吼了起来："借了庚宝家的拖拉机，到地里抢麦子，天要下雨了！"

麦叶这才想起现在已是老家的麦收季节，她听到电话里沉闷的雷声从天边一浪高过一浪地滚过来。

桂生在电话里烦躁地吼着："夜里还有三块地要抢割，快说，啥子事？"

麦叶对着电话，愣了半天，终于从牙缝里挤出几个字："桂生，我想你！"

远在三千里之外的桂生在电话里暴跳如雷："你神经病呀！"

麦叶放下电话就后悔了，她觉得就是打自己耳光，也不该打这个电话。好像已是后半夜了，村巷里的一家廉价的歌舞厅还在营业，垛在门边笨重且落满灰尘的音箱里一首叫《风吹麦浪》的歌还在抒情：

> 远处蔚蓝天空下
> 涌动着金色的麦浪
> 就在那里曾是你和我
> 爱过的地方

2

清晨的太阳被海水泡了一夜，湿漉漉的，似乎能拧出盐分很重的水来，沿着潮湿的光线，依稀可见斑驳的盐霜在村巷的墙壁上、砖缝里一路泛滥，还有一些通缉令、制售假证、房屋转租、无痛人流、养生按摩、狗肉火锅的小广告混迹其中，一路"拆"的字样在盐霜腐蚀后依然青面獠牙、气势汹汹。

下浦村的村民全都搬到了镇子上新农村复建点的楼房里，村子里残破的房屋和早年的猪圈、鸡舍、牛栏刷白后被分割成无数的"鸽子笼"租给来自四面八方的打工一族，两千多人的村子挤进了三万多打工男女，人比当年村里的鸡鸭还多。麦叶租住的是原先村民养兔子的圈舍，很矮，进门得低头，麦叶像兔子一样住在这里一年多了。

大清早，麦叶在"鸽子笼"外的公用水龙头边刷牙，头发凌乱的林月拎着塑料痰盂去村巷里的公厕，麦叶咬住一嘴泡沫中的牙刷，欲言又止："晚上，好像你屋里……"林月脸红了，吞吞吐吐地说："我，我老公来了……对不起，真对不起！"

麦穗上早班时给麦叶带来了一块烤得焦黄的烧饼和一根油条："那个王八蛋说是请我吃大餐，到了县城，让我蹲在街边大排档吃烧烤，连个坐的板凳都没有。"麦穗又从口袋里掏出一串项链："滑石粉假冒的，他骗我说是珍珠的，不打折才八块钱一串。"

在烧饼包油条的安慰下，麦叶心里的一丝抱怨被抹平了。她有些担心比自己大几岁的堂姐："你没被欺负吧？"

麦穗说哪会呢。上班路上，麦穗告诉麦叶自己是在不开心的日子被一个叫"开心有你"的男人微信摇过去的，那个倒卖地沟油的男人在县城烧烤摊上还没吃几口，就想拉着麦穗去"青年旅社"一起"闲扯"。"闲扯"是下浦这一带露水鸳鸯一夜风流的别称。

麦叶问："那男的要不倒卖地沟油，你是不是就跟他一起去了？"

麦穗说："也不会。牙太黑了！"

镇子附近的外贸工厂不是几家，而是几十家。一早村道上，上班的打工男女像难民一样拥向工厂，读过中学的麦叶觉得这些人跟中学课本里的"包身工"是一样的，自己也是。

麦叶问麦穗，镇上的工地还去吗，麦穗说当然去。

大大小小的工厂都在村子一公里范围内，走路十来分钟就到了，麦穗在厂门口将那串假冒的珍珠项链塞到麦叶手里："算是那个王八蛋给你赔不是!"麦叶对麦穗说不要。

　　假项链在姐妹俩两只手的推拉僵持中左右为难。

　　这时，一个身板结实脸上长满了胡楂的男人挡住了麦叶的去路，他从口袋里掏出一张五元的纸币伸到麦叶面前："不认识我了?"

　　麦叶很迷惘地摇了摇头。

　　男人表情很夸张地嚷着："你昨晚坐摩的给的五块钱，假钱! 我一分钱没赚到，还倒贴了你两块钱。你说，咋办?"

　　麦叶一时愣住了，不知所措。

　　男人说："我男子汉大丈夫不会为五块钱去诬赖一个女人，你只要承认是你的，我就认栽了。"一旁的麦穗一把抢过男人手里的五块钱钞票，三下五除二撕碎了："你要是不想诬赖一个女人，你就不会到厂门口来丢人现眼!"

　　男人看着空中假钞的碎屑，一时下不来台，他不服气地说："我要是赖她，我就是三陪小姐养的!"

　　这时厂门口围了一大圈免费看热闹的工友，有人起哄说："老耿，你三陪小姐睡得太多，真是三句话不离本行!"

人群中发出一阵哄笑，厂里的上班铃声响了，工人们一窝蜂地拥进厂区。

3

大约是去年麦收季节，麦叶第一次去麦穗那里借针线缝衣服扣子，进门的一刹那，麦穗迅速踩住地上的一个烟头，没被踩住的另外几个烟头就成了泄密的叛徒。二十六岁的麦叶孩子都四岁了，她有足够的直觉判断出屋里来过男人。当麦叶看到纸板箱里一条男人的大裤衩时，她有些想哭。堂姐麦穗搂着麦叶的脖子，顾左右而言他："麦子熟了，太阳一晒，麦粒噼噼啪啪地就炸裂了，捂都捂不住，是吧？"麦叶想起了老家沿河谷一路麦浪汹涌的麦田，她不敢公开批评麦穗，只是小心谨慎地说："你们家那么多麦田，全靠刘哥一个人，还要带孩子。"刘哥是麦穗丈夫，一个老实得有些窝囊的男人。

麦穗不说话了，她在光线阴暗、烟味很重的小屋里像个哑巴。

从那以后，麦叶再也没有去过麦穗那里，她害怕看到男人留下的蛛丝马迹。去年夏天的时候，麦穗也来厂里加夜班了，麦叶很诧异，但没问为什么，后来听和麦穗一条线上的女工说，跟堂姐有一腿的那个江西男人的老婆死了，儿子才十三岁就学会了抢劫，他必须得回老家管教儿子。男人在一个月黑风高的夜里走了。

厂里订单一少，下午五点钟就下班了。这时候，镇子上空血红的晚霞铺天盖地，麦叶闻到了晚霞中的血腥味和盐霜的味道，她总觉得海边的太阳是咸的，像老家腌熟的咸鸭蛋。

下浦村工厂里女工占七成以上，这些外来女工不关心油价上涨、治安混乱、地沟油泛滥，她们只关心订单，订单是她们的工资，也是她们的奖金，抢单加夜班最容易把人累垮，累垮的女工们后半夜回到宿舍不洗不漱倒头就睡。下浦村几家私人小诊所里有代卖老鼠药的，就是没有卖安眠药的。

麦叶去年一过来就白加黑连轴转地加班，她确实没想过丈夫桂生，也不是不想，而是来不及想，往床上一倒，桂生模样还没想清楚，人就睡着了。

直到一年后坐上摩的的那一刻，麦叶才悟出了男人在自己的心里还没死透，头盔男人身上的烟味、酒味，还有汗臭味几乎让她失控，而新婚之夜桂生野蛮和粗鲁的动作像是一把锋利刀子，让她彻夜不眠。麦叶虽然从没想过要跟别的男人"闲扯"，可按照桂生骂她的逻辑，能想丈夫，就能想别的男人，所以麦叶被骂得无比羞愧，骂得无地自容，"我想你"，自己怎么能说出那么不要脸的话来，真是"神经病"！

麦叶和麦穗去镇上工地的时候，麦叶没头没脑地说了一句："桂生骂我！"麦穗也没头没脑地回了一句："男人都不是什么好东西！"

镇上建筑工地的晚上灯火通明，抢建楼房等于抢钱。运砂石、水泥的货车清一色超载，为逃避罚款，它们像特务一样，常常是在夜幕掩护下开进工地。

与工头王瘸子接上头，天已经黑了，王瘸子对麦叶和麦穗说："卸一车黄沙三十五，水泥四十！"麦穗问王瘸子能不能一车再加上几块钱，王瘸子用不规则的牙齿咬住香烟，声音很冲："要不是老郭从江西打来电话，我才不要你们女人卸货呢。"老郭就是跟麦穗"闲扯"过的男人，王瘸子老乡。

麦叶和麦穗第一天卸完一车水泥，每人挣了二十块钱。干完活，两人浑身上下全是水泥灰，眼睛在满是灰垢的脸上流露出很盲目的兴奋。回到村里，已是晚上十点多了，她们在村口湿热而黑暗的风中分手，这时麦穗突然对麦叶冒出一句："忘了跟你说了，厂门口拦住你的男人叫耿田，他'闲扯'过的女人不下一二十！"

出租屋总是停电，麦叶准备用电饭锅烧水洗洗身子，又跳闸了，她想等电来了再烧，可往床上一躺，却爬不起来了，身子如同一卡车水泥，纹丝不动。

今年跟去年就是不一样，人累了个半死，却睡不着。麦叶恨恨地想，要么真是得了神经病，要么就是活见鬼了。

确实，那个叫耿田的头盔男人像是鬼魂附体一样在她眼前晃动。

两个礼拜前的一个傍晚，一辆来路不明的农用车开进下浦村巷子里卖特价的卫生纸和卫生巾，麦叶买了两包卫生巾，才四块钱，麦叶递过去十块钱票子，那个看上去就很不厚道的小贩找了一张五元纸币和一元硬币，麦叶接过票子，当时就觉得有点不对头，但哪儿不对头，她又说不出来。

电终于来了。麦叶从枕头下的帆布小钱包里掏出了那张写有电话号码的硬纸片，抓起枕头边那部老式诺基亚手机，她手指好像有些抽筋，哆嗦着按了号码，居然通了。电话里头盔男人的声音豪情万丈："哪一位？我是耿田！"

麦叶面对着蓝光闪烁的手机屏，突然不知道该怎么说了。

"要车找我，不要车也可以找我，我是耿田！"头盔男人说话像割麦子一样勇往直前。

麦叶想说明天我补你五块钱，但她被男人没心没肺的口气吓住了，她不敢说了。她想，如果头盔男人说"你深更半夜给我打电话难道就为五块钱？想'闲扯'就过来！"要是那样，麦叶觉得那会比挨桂生骂更加难堪。

麦叶立即掐断了电话，心里一气乱跳。好在自己没说话，头盔男人不知道她是谁。

后半夜的时候，她决定不再想假币的事了。五块假钱有可能是自己的，但也不一定，开黑摩的耿田那晚又不是只拉她一个人，再说了，即使五块假钱是自己的，耿田当场没提出异议，过后当然不用认账，银行也是这么干的，离开柜台，一律拉倒。

麦叶是在三天后下班的路上遇到耿田的。耿田骑摩托车上下班，他从黄昏的摩托上跳下来，一把拽住麦叶的胳膊："晚上过来'闲扯'。我住下浦南头16号，离你那隔三条巷子，十分钟就到了！我到你那儿去，也行！"

麦叶望着耿田，满眼的恐惧，被攥着的胳膊剧烈颤抖着："你说什么呀？我不认识你！"

耿田松开麦叶，然后将脑袋凑到麦叶的耳边，很轻松地说着：“电话里怎么不说话？这有什么不好意思的!”

"我没给你打电话。"麦叶心里暗暗发虚。

耿田说：“你不说话，我也知道是你。”他吐掉了嘴里的烟头，压低声音：“我早就看上你了!”

麦叶这才看清耿田的模样，四十左右，脸上的胡楂蒿草一样茂密，眼睛里是一种满不在乎的锋利，老头衫下全身的腱子肉此起彼伏，麦叶觉得耿田上辈子就是一头牛。一年多了，她还是头一回见到说话这般直白和粗俗的人。

路上有三三两两的女工经过，有的熟，有的半熟，麦叶脸憋得通红，像是被人当众撕开了衣服，她竭力反击：“我连话都没说，你怎么知道我给你打电话了?”

耿田玩世不恭地笑着：“我是用鼻子闻出来的!”

忍无可忍的麦叶对着耿田骂了一句：“流氓!”

耿田亮出那由来已久的轻浮的浪笑，没说话，跨上摩托车疾驰而去。

女工们嘻嘻哈哈地笑着，没人觉得这场景有什么奇怪的。

4

电子厂台湾老板的身上依然弥漫着旧社会的气息，厂里的管理条例冷漠而苛刻，生产线上女工不许互相说话，上厕所要先"报告"。这一天，麦叶终于看到了耿田开着运货电瓶车在车间里反复来往，可以前从没看到过他，也许是没注意过他。麦叶一直想问耿田是怎么知道自己电话号码的，可她不能问。耿田说闻出来的，鬼才相信。

麦叶对麦穗说那个叫耿田的真不要脸，麦穗说耿田自我感觉太好是因为从没被女人拒绝过："你算是第一个!"

麦叶试探着问："要是你，你怎么做?"

麦穗不正面回答，绕着弯子说了一句："我没你年轻漂亮，他怎么会看上我!"

麦叶结婚早，可毕竟才二十六岁，城里这么大的姑娘好多还没找到对象呢。麦叶皮肤白，模样好，平时总是像水一样安静，与那些叽叽喳喳满口粗话的打工娘们相比，上过高中的麦叶还带有一点书卷气，给人一种"看得见却摸不着"的感觉，很吊男人的胃口。其实麦穗也不过三十出头，只是跟大多数打工女人太相似，大大咧咧，没心没肺的。

下浦村这里出事是正常的，不出事反而不正常。夏天的男人比天气更加燥热，也更加冲动。电子厂打工仔阿水在下浦村几家简陋肮脏的洗头房嫖娟得了性病，怕回老家不好交代，在耿田隔壁的猪圈里上吊死了，扔下了远在千里之外的一个年轻的寡妇和两个牙齿还没长全的孩子。

下班后的耿田堵在厂门口，手里捧着一个纸箱，箱子上用碳素笔歪歪斜斜地写了几个字："一方有难，八方支援"，耿田拉着一个嘴上没毛的小伙子当帮手，下班让全厂职工挨个给阿水家捐款，每人二十块钱，阿水的西南老乡每人捐三十。

麦叶觉得耿田今天的表情很滑稽，那么自负而彪悍的男子汉现在却像个乞丐，每当有人往捐款箱里塞了钱后，他总是对捐款人鞠躬表示感谢："大爱无疆，好人好报！"麦叶从口袋里掏出二十块钱准备捐出去，她在老家乡下见过吊死的人，死相很难看，舌头吐得老长的，像一根被霜打过的紫茄子。

最初麦叶不知道阿水为什么上吊，可听到身边有人说阿水是嫖娟得性病自杀的，心里的同情立刻逆转成鄙视，甚至觉得阿水死有余辜。她将二十块钱又塞回了裤子口袋，正准备悄悄溜出厂门口，耿田突然抱着纸箱抵住了麦叶的去路："你跟阿水是大老乡，三十！"

厂里人太多，她都不知道阿水长什么模样，就被老乡的名义套牢，麦叶推开耿田蛮横的纸箱："我没带钱！"

耿田从自己的裤兜里掏出三十块钱："我借给你！"

麦叶说："我不借！"

耿田像塞给她电话号码一样，强行将三十块钱塞到麦叶手里，命令着："放到箱子里去！"

麦叶继续拒绝："我不放！"

耿田又飞快地抽过麦叶手里的三十块钱塞到纸箱里："你不放，我放。你欠我三十块钱！"

厂门口不少女工起哄说自己身上没带钱，希望耿田先借钱捐一下，耿田说没钱了，有女工说那你为什么借钱给麦叶，耿田眼一横，说："我跟麦叶是老乡。"

麦叶想说我都不知道你家在哪里，真是一个不可理喻的人。

那天晚上麦叶和麦穗在建筑工地卸了一车水泥后，灰头土脸地坐到地上喝水，两个人看上去像是两袋水泥，麦叶说卸水泥比老家割麦子还累，这时验收登记完的包工头王瘸子走过来，挨着麦叶坐在满是泥灰的地上，他将卸货的四十块钱递给姐妹俩，说："是累呀，我看着都不忍心！"麦穗反击说："那你还那么抠，一车多给五块钱都不干。"王瘸子说："女人本来就不该来工地卸料。这样好不好，麦穗，你下班后过来给我们工地烧开水，帮着洗工人的脏衣服，洗衣机绞，不累。麦叶，你晚上到我住的公寓帮我煮点夜宵，整理整理房间。报酬跟扛水泥一样！"王瘸子的嘴里一股蒜味，很呛！

姐妹俩走出工地的一片灯火后，麦穗告诉麦叶，王瘸子曾偷偷地送过她一瓶廉价的护肤乳托她做做工作，王瘸子晚上想包下麦叶，每个月给一千八百块零花钱，麦叶想起王瘸子满嘴的蒜味，还有拖着的一长一短的腿，全身汗毛都竖了起来，她问麦穗怎么说的，麦穗说她跟王瘸子说："你做梦去吧！"

麦叶每晚回到出租屋的时间是夜里十点至十点半，等到用电饭锅烧水洗好身子，再到屋外水龙头下洗好衣服，差不多就十一点多了，这时候正是这一带小偷、嫖客、"闲扯"男女们倾巢出动的时间，所以，收电费的老鲍来敲门的时候，麦叶迟疑了好半天不敢开，牙齿漏风的老鲍对着开裂的门缝说，来过好多次了，总是遇不到人。进门后老鲍用一个生锈的手电筒看了看电表，然后说要多收三块五毛钱电费，麦叶问为什么，老鲍说是这一带有人偷电，逮不到现行，电损只好平均摊。麦叶觉得很窝囊，自己没偷电，却承担了三块五的偷电责任，她不愿多交，老鲍说："你要是不交，那就只好拉闸，停你的电！"

门外的黑暗中很扎眼地划过一束摩托车灯光，紧接着是发动机吼叫声突然熄灭，麦叶手里攥着老鲍递过来的电费收据，还没看清电费单上的数字，耿田一头撞进门来了。麦叶心头一紧，脸上先是惊讶，继而是惊恐。收电费的老头怀揣着多收的电费别有用心地说了一句："我什么都没看到。"转身就走了。

三更半夜突然造访的耿田进门就说今晚出去跑摩的，生意糟透了，他像一扇门板一样倚着门框："你得把三十块钱还给我！"

麦叶说："那三十块钱是你逼着我捐的，不是我自愿的，我扛一晚上水泥，才挣二十块钱，刚才被收电费的老头又多收去了三块五。"麦叶说着说着鼻子就有些发酸。

耿田打开翻盖烟盒，用牙齿咬出一根烟，叼在嘴上："我一晚上才挣十二块钱，可我捐了九十。人都死了，行点善，积点德，掏个二三十块钱，就那么难！"

麦叶竭力为自己辩护："他是染上脏病死的，谁叫他不正经了!"

耿田急了,他吐掉嘴里还没来得及点着的香烟,声音像是摩托车发动机里爆裂出来的:"你以为阿水想嫖娼呀,三年没碰女人了,费了钱,还染了病,你不想想,人家多可怜呀!"

麦叶觉得耿田只是为男人说话,所以她有限度地抗议了一句:"他家里女人不也守活寡三年了!"

耿田显然不想继续讨论这个话题,于是直截了当地伸出手:"三十块钱给不给?"

麦叶面对一双沾满了汽油味的手,不吱声了。

她想已经赖过人家五块钱了,不能再赖账了。沉默了好一会儿,她说昨天给家里寄了钱,今天晚上挣的钱刚交了电费:"宽限几天,等发了工资,行吗?"

见麦叶认账了,耿田就不再纠缠三十块钱,他话锋一转:"要不是家里三个娃上学,我也想到洗头房耍耍。没钱呀!跟你说实话,自打开春看上你后,我都四个月没碰女人了!"

麦叶觉得耿田如此赤裸裸,太不像话,简直是欺负人,她走到低矮的门边,带有逐客的意味:"我不稀罕你看上我,钱我保证还你!"

耿田对麦叶的情绪抵抗毫不在意,他只是按照自己的思路说话做事,他将用塑料纸裹着的两个破壳卤鸡蛋塞到麦叶手里："你跟下浦这一带成千上万个女人都不一样！把你扔在女人堆里，一眼就能认出来。我就看上你了！想好了，就到我那里'闲扯'。我不强迫你，我也是有文化的人，当年我给县广播站写过稿子，全县大喇叭里都播过了，正宗的普通话播的！"

麦叶将卤鸡蛋塞还给耿田，耿田推开麦叶的胳膊："镇上卖卤鸡蛋的老乡给的，散黄了的坏蛋，能吃，不好卖。不要钱的！"话没说完，人一头扎进屋外的黑暗中，声音一半在屋内，一半在屋外。

麦叶手里攥着散发着茴香、桂皮香味的坏蛋，她觉得耿田就是一个坏蛋。

耿田消失了，麦叶确实很饿了，她在犹豫这卤得喷香的坏蛋是吃，还是不吃。

5

工资是在耿田上门讨债三天后发下来的，麦叶准备将三十块钱还了，去镇上工地的路上，她刚掏出电话，又放下了，她怕耿田再次自作多情。再说不就三十块钱，又不是三十万。麦叶不知道自己什么时候将耿田的号码存了下来，注名"橘黄头盔"，对这个百年不遇的荒谬男人，麦叶心里充满了太多的疑问。

麦叶准备删掉"橘黄头盔"时，电话响了。是丈夫桂生打来的，桂生说寄回去的钱收到了，父亲的风湿病更重了，拄着拐杖也不能下床了，前些天一个江湖医生给父亲开了一大壶药酒，寄回去的八百块钱一下子全花光了。桂生说麦收刚结束，村里婚丧嫁娶赶集似的一哄而上，礼份子吃不消，能不能再寄五百块回来，麦子没卖，价格太低，放到秋天，每斤至少能多卖八分，说不定还能涨一毛。电子厂单子少，麦叶这个月才拿到九百多块钱，房租六十块，电费十好几块，还有买米、买馒头、买牙膏、买香皂、买洗衣粉卫生巾之类的，怎么着也得三四百块生活成本，麦叶这个月最多也只能寄五百块。桂生的电话每次都短得不能再短，嘴里蹦出的每个字像是长途漫游过来的，都要付钱的，打一次电话，两三斤小麦就没了。麦叶特别想桂生能说句把暖人心的话，可离家一年多了，他连一个暖人心的标点符号都没说过。后来定下心来一想，结婚五年多了，他们彼此从来就没说过一个字的你情我爱，每天睁开眼就看到锅灶上严重不足的柴米油盐，盘算着透风漏雨的老屋什么时候翻盖。

　　麦叶在装配线上，麦穗在检测线上；麦穗活轻些，下班也早些，她们很少一道去镇上工地，反正不远，先去的守着货车，能抢到第一车货，卸完货就能早点回来。她们也曾妄想过，一晚上卸两车，可常常是卸完一车水泥或黄沙，人瘫坐在地上，歇上好半天，手撑着地才能爬起来。今天麦叶赶到工地，麦穗没来，等到天黑，还是不见人影，她怕麦穗再被那个倒卖地沟油的骗子骗走，急忙给麦穗打电话。麦穗好半天才回过来，她说自己跟耿田在一起。

麦叶心里一沉，很不是滋味，她觉得麦穗只要跟男人在一起，就掉了魂，事先连个电话都忘了打。麦穗口口声声说男人不是好东西，还要她提防着耿田，自己却坐着耿田的摩托车到洋浦镇逍遥去了。

洋浦镇有一个火车站，阿水老婆和孩子来厂里处理好了后事，这天晚上要带着阿水的骨灰盒乘八点半的火车回老家。脸上缺少血色的台湾老板还算仁慈，派了一辆中巴车将阿水一家送往洋浦。车刚开走不久，住在阿水隔壁的耿田发现屋里床底下还有一双阿水的旧皮鞋忘了带走，这是阿水生前置办的最值钱的一件家当，假冒真牛皮的，六十多块呢。耿田看到这双贵重的旧皮鞋，跨上摩托车就直奔洋浦。刚出村巷，遇到了去镇上工地的麦穗，麦穗拦住了耿田的摩托车："你知道那天我为什么撕你的五块钱？"耿田踩了刹车，没下车，也没熄火，他拨开头盔前面的挡风罩："那么多女人我都没记住，哪还能记住五块钱！"

耿田说话总是裹挟着毫不掩饰的轻浮，但奇怪的是，这一带打工的女人并不反感，她们把他的轻佻当作零食，所以就很享受那种变本加厉的下流，这就像用舌头舔刀尖上的蜂蜜，如果你不想着刀尖，只想着蜂蜜，舌头舔到的就是蜜，而不是伤害。麦穗攥着摩托车的车把说："你不要打我妹妹的主意，她不是那种人！"耿田笑嘻嘻地说："你妹妹是哪种人，难道你们姐妹俩不一样？"麦穗说："我们是堂姐妹，不一样，很正常。"耿田不正面搭理麦穗，他将装着阿水旧皮鞋的塑料袋塞到麦穗手里："上车吧！洋浦一家百货商场倒闭了，正大甩卖呢！一个真丝奶罩子，才卖三块钱。好多人都去了！"

麦叶又一次被麦穗放了鸽子。她去跟王瘸子打招呼说今晚不卸货了，王瘸子在毛竹搭起来的工棚里正跟几个小工头就着卤鸭脖喝酒，他借着酒劲问麦叶："想好了没有？晚上去我屋里帮着收拾收拾？"麦叶不看脖子上青筋暴跳的王瘸子，她对着工棚外尘土飞扬的工地和渐次亮起来的灯火说了一句："我只扛水泥，卸黄沙。别的不干！"王瘸子走过来，满嘴喷着夹杂着蒜味的酒气："再加一千，一个月两千八怎么样？"那些喝得脸红脖子粗的男人起着哄说："不少了，这年头，钱不好挣。

王老板腿短功夫不短!"他们给王瘸子帮腔,就像他们正在喝酒一样,理直气壮地将无耻当鸭脖拿到桌面上公开咀嚼。

麦叶一句话不说,默默地走了,她听到身后狼一样的嚎叫声,错综复杂。麦叶觉得,她应该是最后一次来工地了。

已是夏天,路上行人不多。满腹委屈的麦叶一个人往下浦村走去,半路上,耿田的摩托车突然停在她的脚边:"上车吧!刚把你姐送回去!"

麦叶明确地告诉耿田:"我不坐!"

耿田熄了火,声音清晰了起来:"你姐跟我去洋浦买便宜货,一家商场要倒闭了。"

麦叶说:"要是晓得她跟你走了,我就不来工地了,白跑了一趟!"

耿田说:"所以,我不要钱,免费送你回去!"

耿田看不清麦叶的表情,但她的回答声音里却有着一股莫名的怨气:"不要钱,我也不坐!"

"我要钱,你坐不坐?"

"不坐!"

黑暗中不可一世的耿田被麦叶的拒绝击碎了,他第一次有些尴尬地说着:"你这样的女人,万里挑一!我要是你老公,把你当菩萨供着,哪忍心你出来打工!"

6

　　麦叶老家在群山深处的河谷地带，河水平缓而清澈，两岸是一路绵延的肥沃土地，住在河谷里的乡民们几千年如一日地在河水冲刷出的黑土地上种植小麦和油菜，直到山外的电线拉进来，盘山公路盘进来，他们才知道山外面有方便面、可口可乐，还有绣了花的真丝乳罩、避孕套，山外面的世界让人眼花缭乱。

　　山里的老婆就是老婆，不可能当菩萨供着。麦叶父亲上山采草药摔断了腰，家里十几亩地的一根扁担断了，那年她读高二，父亲暗示说大学学费太贵，读出来又没门路找到好工作，听话的麦叶第二天就辍学了。邻村的桂生经常帮着家里收割麦子，割麦子割到第四个年头的时候，麦叶就稀里糊涂地嫁了过去，父亲对她说："桂生，过日子踏实！"婚后，麦叶发觉桂生踏实到除了干活、吃饭、喝酒、跟老婆在床上折腾，什么都不会，什么都不想。桂生脾气不太好，容易发火，但对麦叶还是挺好的，结婚那年冬天的每个早晨，桂生穿着皮衣到河里摸鱼，用摸鱼换来的钱给麦叶买了一个金戒指，桂生说这是结婚亏欠她的，一定要补上。麦叶看到金戒指就会想到成百上千条无辜死去的鱼。

麦叶本来是不愿出来打工的。前年冬天，桂生父亲患了风湿，每天只能倚着门框晒太阳，干不了活，还要花钱吃药。在一个山里树叶被剥光了的冬夜里，麦叶和桂生抓阄决定谁出去打工，结果麦叶抓到了打工的阄。过年的时候，麦穗回来了，桂生拎了一只鸡送过去，麦穗在吃了香喷喷的鸡后，开年正月初八就将麦叶带出了大山。临行前那天夜里，麦叶抱着桂生哭了一夜。麦叶觉得"生离"比"死别"还要残忍，她听到屋外冬天凌厉的风在河谷里彻夜呼啸。

　　打工的日子，比牲口还要苦。

　　麦叶死活不愿去建筑工地了，她说王瘸子太讨厌了，麦穗说耿田"闲扯"了那么多女人，一分没花，反倒不讨厌了。一提起耿田，麦叶心里就有些别扭："你事先不给我打个电话，就跟他走了。"麦穗顾左右而言他地解释："他对你心怀鬼胎，我跟他去，就是要警告他，不许打你的鬼主意。"麦叶觉得很蹊跷，心想："我没派你去警告他呀！"但没说出口。麦穗见麦叶不吱声，就继续发挥："你是我带出来的，要是出了什么事，回去跟桂生不好交代。"见麦叶还是不搭腔，麦穗就很警惕地说了一句："你是不是也看中耿田了呀？好多女人都喜欢他一身横肉和一脸胡楂。"麦叶终于开口了："我不喜欢!"语气平静而坚决。

后来，工地还是去了。麦穗说，王瘸子要是想霸王硬上弓，我就买一包老鼠药偷偷地放到他茶杯里，让他到火葬场去花天酒地。可是到了工地，王瘸子宣布将她俩开除了，王瘸子说，女人卸货太慢，工地上的货车司机都等不及，"赶工期，时间耗不起!"麦叶拉着麦穗就要走，王瘸子凑到麦叶的正面，麦叶只觉得刺鼻的蒜味源源不断地扑过来："你他妈那天让我在兄弟们面前丢脸，你就不打算给我个说法?"麦叶很害怕，她恐惧地攥紧了麦穗的手，手心里全是汗。麦穗见王瘸子如此欺负人，也火了："王瘸子，你要是再不要脸，我就叫老郭回来，把你的那条腿也修一下，让你下半辈子坐轮椅!"王瘸子流着一嘴的哈喇子大笑起来："你去问问老郭，他当年是我手下的马仔，难不成这小子一上女人的床，就不知道自己姓啥了!"

王瘸子几年前为争抢工地砂石运输，在与另一帮火并时被打断了一条腿，付出一条腿的代价是周边几个镇的砂石业务都被他垄断了，老郭是跟王瘸子他们一块出来混江湖的，自王瘸子断腿后，老郭洗手到电子厂当锅炉工，麦穗知道老郭下手狠，但不知道他的前世今生。

麦叶和麦穗都不敢再说话了，默默地走了。王瘸子尖刻的声音在她们身后灰暗的灯光中依然嚣张："乡下婆娘，有什么了不起的！老子同样的价钱，女大学生都能玩到。"

麦穗压低声音骂了一句王瘸子没听到的话："畜牲！"她拉着麦叶的手，能感觉到麦叶全身都在发抖。

麦苗一个月只有一天假，也许好久没见面了，这天休假，她打电话说要到下浦村请麦叶和麦穗吃麻辣涮。姐妹仨在下浦村一个光线很暗、苍蝇很多的小铺子里吃麻辣涮，一直吃到汗流满面才放下筷子。

晚上回到出租屋，麦叶闻到了屋内麦苗残留的气息，她有些恐惧地望着条纹粗布床单，麦苗来的时候，一进门就坐了上去，她才十九岁，身上洒了那么多香水，嘴上涂得跟喝过血一样，她担心麦苗在足浴城做了什么见不得人的事，即使没做过，像王瘸子那样的常客全身上下都是性病病菌，要是他带了性病病菌过来，不小心染上，她就要像阿水那样，找绳子去上吊。麦叶望着床单像是望着一个敌人，于是在一秒钟之内迅速抽起床单，直奔屋外的公用水龙头，倒了大半袋洗衣粉，搓了揉，揉了搓，漂洗了十多遍，直到她感觉到粗布床单快要被搓碎了，才停下已经麻木的手。

没有了加班，也没有了工地的苦力活干，麦叶觉得像是活在半空中，很虚，很不踏实，而且很恐慌。夜晚如同深渊。她怀疑自己是不是病了。

7

村巷里有几家网吧，下班后，都是没结过婚的年轻工友在里面玩，麦叶和麦穗是有家有口的女人，舍不得花钱。麦穗叫麦叶开通微信，比上网吧便宜多了，再说微信还可以走着聊、躺着聊、坐着聊、站着聊，也许能聊到称心如意的："我晓得你看不上老耿，那家伙太花！"麦叶说："不想聊天，也不想看上谁。"麦穗一边翻看着自己的微信，一边说着："麦叶，你再往下装，就没意思了，姐也是女人！"

麦叶在尖锐问题上，几乎从不跟麦穗争什么是非。有些事越争越糊涂，所以，麦叶每每遇到这种场景，就不说话。

麦叶在村巷里的一个门面残破的烧烤店找了一份清洗蛏子、扇贝、海带、海虾、海鱼的活。店主是贵州的，三十来岁，几年前在一个五金加工车间被机床切掉了三个手指，他用三个指头换来的三万块钱在村巷里开了一个烧烤店。麦叶找到这份兼职时，烧烤店小老板说，三万块钱开的小店如今一万都不值了，他的脸上是一副苦大仇深的表情。工厂不景气，吃烧烤的人也少多了，麦叶按件计酬，最惨的一个晚上只挣了两块六毛钱，勉强够买两根油条。店主老婆悲观地对麦叶说："店是没救了，你长得这么好看，到哪儿挣不到钱呢？"麦叶淡淡地回了一句："我不是来挣钱的。"

麦穗家条件比麦叶家要好，家里没病人，晚上就不再出来兼职卖苦力了，她说微信很好玩，躺在床上手里攥着手机，就像攥住了整个世界。麦叶说："你就不怕上当受骗？"麦穗说："我只跟认识的人聊。老耿说他也没开微信，你们是不是约好了的？"麦叶脸涨红，鼻尖上都冒出了汗："姐，你不能把脏水往我身上泼！"麦穗看麦叶委屈得都要哭了，就搂过麦叶的脖子说："我跟你开玩笑的！"麦叶觉得这样的玩笑是不能乱开的，但她没说。

夏天正式来临的日子，外来民工塞满的村巷里整天弥漫着死鱼的腥味和旱厕里久久不绝的粪臭味与尿臊味，在令人作呕的空气中，麦叶想象着秋天的风和冬天的寒冷，像是想象着一位失散多年的亲人。她在上下班的村道上，不止一次遇到老耿，她想把三十块钱还给他，可老耿像是忘掉了，看到麦叶也不停下来讨债，有一次麦叶甚至想拦下老耿，但她还是眼睁睁地看着老耿和他的摩托从身边呼啸而过。她不敢，她怕老耿想歪了。麦穗说："要不你把钱给我，我替你去还，我不怕他。"

下班时间好像已经过了，老耿送完最后一车货，天色已晚，刚出库房，麦穗堵住了老耿的去路，她说麦叶托她还三十块捐款的钱，老耿说："麦叶欠我钱，她怎么不来还？"麦穗说："人家怕你！"老耿嬉皮笑脸地说："你就不怕我？"麦穗说："狗嘴里吐不出象牙来，我不怕！"老耿说他要去镇上跑摩的，说着发动摩托，一溜烟钻了出去。麦穗对着老耿的背影骂了一句："老耿你个死鬼！"暮霭中，麦穗的眼前飞舞着密集的夏天的蚊虫和苍蝇。

麦穗将三十块钱退给麦叶，麦穗说这三十块钱就是老耿放出的一条钓鱼的鱼线，他想让你在不知不觉中咬钩，麦叶说他不要就不还给他了。麦叶嘴上这么说，但心里还是有些不踏实，毕竟那是人家垫付的货真价实的三十块钱。一个星期后的中午，工厂食堂吃完饭，洗碗池边，刚洗好碗的麦叶和老耿正面遭遇，麦叶不知从哪儿鼓起的勇气，主动先跟老耿说话了："我把钱还给你！"老耿脸上的胡子硬邦邦的，像疯长的野草，他轻松的表情很大程度上是因为陶醉于一脸胡楂。老耿不提钱，话锋一转，自以为是地说道："想通了就好，晚上到我那里去，我等你电话！你要是讨厌烟味，今晚上我一支不抽。"麦叶气得一扭头，拔腿就走，钱也忘了还。

麦穗知道了后，对麦叶说："这有什么好气的，男人不坏，女人不爱。厂里多少女工就这么被他半真不假地勾引过去'闲扯'的！"麦穗说，老耿在女人那里就像香烟，不对，像毒品，明明知道吸进去有害，可就是放不下，舍不得，一碰就上瘾："都是女人，谁还不知道谁，你也一样。"

麦叶没搭腔。她觉得今天主动找老耿，真是太蠢了！最近这段日子，麦叶心里一直想不明白，为什么每次在车间、在路上、在食堂遇见老耿时，自己总想着要跟老耿说一句："我还你钱！"难道这三十块钱真的那么重要吗？如果老耿是毒品，是不是自己也中毒了，她不愿意承认。所以，她对麦穗说："捐款是老耿逼着捐的，不还了！"麦穗安慰麦叶："这就对了！老耿没文化，你用不着跟他计较！"麦叶随口答了一句："老耿有文化，给县广播站写过好多稿子！"麦穗张着嘴，像是听到了外星人的声音，一脸不可思议："你怎么知道的？"麦叶见麦穗神经过敏，就敷衍说："我是听别人说的！"麦叶第一次在麦穗面前扯了谎，她不敢说老耿到她屋里找过自己。

中秋节快到了，日子越来越难过的台湾老板给每个员工发了一箱廉价苹果，不少背井离乡的员工手捧着苹果流下了感动的泪水。麦叶没怎么感动，她只是在这个日子想家里的女儿小慧，她的牙该长齐了，丈夫桂生是不是又到镇上给公公抓药去了。下班回"鸽子笼"的路上，麦叶一路胡思乱想，不小心被脚下砂石路上的一块断砖绊了一下，本来就不牢靠的纸板箱从麦叶胳肢窝下摔落，苹果滚了一地，还有几个滚落到了路边泛着臭味的污水沟里去了。这时，老耿骑着摩托车过来了，他停下车，对麦叶说，上来吧，我送你回去。麦叶抱着变了形的纸板箱摇了摇头，老耿跳下车，将自己的一整箱苹果搬到地上，又将麦叶怀里的破纸板箱生硬地抢过来塞到摩托车后备箱里，他对边上一群女工说："我这箱是跟她换的!"女工都笑了，说："你不是换苹果，是想换人!"老耿的摩托消失后，女工们继续取笑麦叶："这个厂里活得最滋润的就数老耿了，'闲扯'从不花钱，还有女的倒贴。这人小气，你是第一个占他便宜的了，最少占了他三个苹果的便宜。"还有人说滚到臭水沟里的有四个苹果。麦叶满脸通红，似乎跟老耿真有什么似的，于是撂下一箱苹果，转身就走："我不要了!"

拿麦叶开涮的女工们拉住了麦叶，说是逗着玩的。

麦叶晚上正要去大排档洗海鲜，麦穗堵住她的门："一整箱苹果都给了你，你说老实话，你是不是已经跟老耿'闲扯'上了?"

麦叶望着村巷里墨汁一样漫上来的黑暗，眼泪流了下来，她对麦穗说："姐，我明天就回家。"

麦穗感觉到了黑暗中麦叶的颤抖与泪水，于是语气软了下来："回家，桂生他爸看病的钱，到哪儿挣去？都不能下床了，花钱祖宗，无底洞！"

8

中秋节那天，下午厂里放了半天假，麦穗跟一条生产线上的几个娘们约好了，到县城买大甩卖的衣服、鞋子、袜子、牙膏、香皂之类的东西。麦叶去镇上找麦苗。

最近县城商场像被感冒病毒传染一样，清仓、破产、倒闭的一个接着一个，大甩卖的传单都散发到了下浦村这一带，这些商场都是给互联网电商害的。麦苗给麦叶说出这一观点的时候，姐妹俩正在镇上一个叫"夜来香"的小馆子里吃饭，老式的方桌，长条凳，颜色灰暗的砖墙上挂着斗笠、镰刀等部分农具，其间穿插着许多年代久远的宣传画，一幅现代京剧《沙家浜》的剧照被虫子咬了几个不太明显的洞，麦叶和麦苗就坐在指导员郭建光的枪口下，筷子的前方是一碗老豆腐、一盘笋干烧肉、一碟糖醋花生米。

麦苗说今天她请客。

正要动筷子开吃，麦叶的手机响了。在饭菜香雾缭绕中的麦叶随手接了电话，居然是王瘸子打来的。王瘸子说他正在"夜来香"二楼包厢吃饭，手下弟兄看到麦叶在一楼大堂拐角桌子上只点了三个菜，所以就想请她上来一起吃饭，最后他还绞尽脑汁想出了几个夹杂着成语但逻辑比较混乱的句子："我们一起庆祝中秋，共度良宵！狭路相逢，不期而遇，天赐良缘！"

麦苗知道是王瘸子的电话后，没说麦叶该上去，也没说不上去，她只是说王瘸子人长得丑了些，不过出手倒是蛮大方的，每次做完足浴按摩都会给个五块、十块的小费。麦苗是没见过钱的乡下丫头，十块钱就是巨款了。麦叶掐了电话，就没心情吃饭了，她将塑料袋里装着的五个苹果塞给麦苗，说累了，想回去睡觉。麦苗送了麦叶一包廉价抽纸，是足浴城过节发的，跟苹果一样，没花钱。

要不是麦苗付账时跟老板争了起来，后来的事就不会发生。她们俩吃了三十一块五毛，麦苗要优惠一块五，老板说小本生意，不能再优惠了。就在争执不下时，楼上下来两个穿着对襟拷绸衫，嘴里叼着香烟的男人，一个光头，一个左侧脸上有一条寸长的刀疤，他们几乎是不由分说地拉着麦叶就往楼上拖："王哥看上你，是你的福分，你还敢给脸不要脸！"麦叶吓得腿脚抽筋，牙齿也跟着打战："我不认识你们，你们这是干吗？"

麦苗见麦叶遭人欺负，攥着装苹果的塑料袋砸向刀疤男人："土匪，流氓！"两个男人见麦苗多管闲事，松开麦叶，上来给麦苗一顿拳脚，麦苗捂着肚子蹲到了地上。

一边的麦叶几乎是本能地掏出手机拨通了一个电话，她对着电话只说了几个字："快来救我，'夜来香'！"直到老耿赶来时，她都不知道打的是老耿的电话。

老耿在镇上跑摩的，中秋节，生意好，接了麦叶的电话，正在"夜来香"街口的老耿不到一分钟就赶到了，这时两个男人正架着麦叶往楼上推，餐馆里人声嘈杂，食客们大多神情恐惧地看着眼前的暴力场景，不敢吱声。老耿冲进门，一拳将刀疤男人揍趴在楼梯口，然后夹住光头男人的脑袋，将右胳膊向后轻轻一扳，没听到咔嚓声，胳膊就已经断了，光头男人痛苦地瘫倒在蚂蚁横行的砖地上，刀疤男人从楼梯上反弹起来，嘴里还骂着："我看你他妈的是活腻了！"说着一个螳螂腿横扫过来，老耿轻松一跳，飞起一脚踩到刀疤的胸脯上，然后又扑上去用脚踩到刀疤男人胸前，一用力，肋骨断了一排。刀疤男人捂住胸口龇牙咧嘴，额头大汗淋漓，嘴里却吼着："小子，你要是能活到过年，我是你孙子！"

老耿将瑟瑟发抖的麦叶掩护在身后，对瘫在地上的刀疤男人说："孙子，我等着你来给我练手艺！"老耿中学时曾偷了将家里卖牛的钱到少林武校习武，练了三年，练了一身腱子肉，李连杰没当成，黑道打手又不愿干，空留了一身武功回家种田，这么多年了，只要看到有人打架，他的手就痒得不行。

等到喝多了的王瘸子听到动静赶到楼下时，老耿已经拉着麦叶和麦苗走了。王瘸子看到两个趴在地上的马仔，骂了三个字："窝囊废！"

老耿是在中秋节夜里两点多钟的时候被警察抓走的。当时兴奋而又有些迷糊的老耿还没睡，他手里抓着一瓶啤酒，嘴里叼着一根香烟，香烟是唯一的一道下酒菜，喝一口酒，抽一口烟。老耿望着窗外一轮圆满的月亮百感交集，今天晚上他想问题有些简单了，将麦叶从王瘸子的虎口里救出后，骑着摩托车带着麦叶回到下浦村。到村口，老耿赤裸裸地对麦叶说："不用怕，今晚上你就到我那里去'闲扯'，喝啤酒，啃苹果。"麦叶还没从噩梦中醒过来，她突然放声大哭了起来，然后，莫名其妙地哭喊着："妈，小慧，我要回家！"老耿听得一头雾水。见此情景，老耿也傻了，他只得将麦叶送回她的"鸽子笼"。站在小屋门口，老耿当着麦叶的面狠狠地扇了自己一个耳光:"是呀!我他妈也不是人,乘人之危,图谋不轨,相当于敲诈勒索,比王瘸子好不到哪儿去!"看老耿如此自责,麦叶抹着眼泪对老耿说了一句意义很含糊的话:"是我不好!"

老耿还没想清楚麦叶话里究竟是什么意思,窗外的村巷里警车拉着警笛开了进来,老耿起初以为是来抓小偷的,没想到警车在自己的门前停住了,他怀疑是不是警车缺油熄火了,准备出门看个究竟,刚从门缝里伸出半个脑袋,人已被按倒在地,两个警察扑上来迅速给老耿铐上了手铐。老耿无济于事地说了句:"你们抓错人了!"

老耿被塞进了加满汽油的警车。

王瘸子坚持要求警方将老耿送到大牢里去,说两个手下一个胳膊折了,一侧肋骨被踩断了三根,还言之凿凿地说老耿在下浦村是一个流氓惯犯,强占了一二十名打工女,而老耿却坚持自己是见义勇为,他对警方说:"奖金我可以不要,见义勇为证书总该发我一个。王瘸子在达浦镇一带是公认的流氓黑社会,你们公安又不是不知道。"警方当然知道,但抓老耿是县里领导亲自打电话来的,镇派出所当然不能抗命。警方经过三天走访和调查,最后没让老耿去坐牢,但也没发给他见义勇为奖状,老耿被处以十五天拘留,赔偿医疗费、营养费五千六百四十块钱。

　　麦叶一开始听说老耿坐牢，吓得浑身筛糠，在生产线上一天焊接了六件残次品，属于严重失职，被罚款四十块钱。她跑去找麦穗，哭着问怎么办，麦穗说："要是把老耿送去坐牢，你就去派出所门口上吊！"麦叶一听，腿都站不住了，她哆嗦着说："小慧还小，桂生一个人怎么办呀，他爸还瘫在床上。"麦穗扶住站立不稳的麦叶："不是叫你真去上吊，是带根绳子去做做样子。"麦叶说我不敢，麦穗生气了："谁叫你打电话给老耿的，那人愣头青，你没长脑子呀！"

　　三天后，麦叶从镇上海天足浴城的麦苗那里知道了老耿的处理结果。麦苗说："老耿有些逞能，没必要下手那么狠，把你拉走不就得了。"麦叶说想去看看老耿，麦苗说有什么好看的，麦叶说人家是为了救我而犯了事的，心里过意不去。麦苗在足浴城练就了一副江湖表情，她问麦叶："你打算对他说什么？对不起，还是以身相许？"麦叶不说话，只是拉着麦苗往派出所的方向跑，她们杂乱无章的脚步在石板街上越跑越快。

　　满头大汗的姐妹俩赶到派出所时，派出所的警察告诉麦叶："老耿今天早上已经送县看守所了！"

　　麦叶喘着气，眼睛瞬间模糊，不知是汗水还是泪水，她抹了抹眼睛，抬头看到小镇秋日黄昏已经来临，有斑块的夕阳悬挂在小镇灰色屋顶的上方，像是一个熟透了的烂苹果。

9

蓬乱的头发和杂草一样的胡楂基本上都是在铁窗里面定型的，所以老耿走出那两扇笨重铁门的时候，让人一眼就能看出是一个犯过事的男人。而老耿拎着一网兜衣服、球鞋、塑料杯、牙膏、牙刷出来前，死活不愿在释放手续上签字，他坚持要见义勇为证书，那个肚子比较肥沃的警察很耐心地告诉老耿："你要是再胡搅蛮缠，我补一个手续，马上把你再关进去！"

老耿卡上的钱加跑黑摩的的现金总共三千七百块钱，台湾老板为他垫付了两千块钱，人才放出来。老耿说，欠的钱从工资里扣，台湾老板说："那当然。不过拘留半个月的工资照发。"

老耿放出来后，麦穗试探着问麦叶："老耿出来了，你不去看看人家，表示一下感谢？毕竟是因为你被关进去的。"麦叶说："我不去。等我积攒一点钱，我补偿他一些，可小慧爷爷每个月都要吃药，钱要寄给桂生。大排档打杂也挣不到钱。"

老耿上班那天，下班铃声响过后，车间里女工们鱼一样你追我赶地滑出车间大门，麦叶却磨蹭着走下生产线，她看到车间里只剩下老耿在传送带终端往电瓶车上搬最后一筐电子元件。麦叶犹犹豫豫地走了过去，腿脚像是刚从建筑工地扛水泥的货车上下来，很沉，她磨蹭到老耿的身边，对着一身烟味的老耿声音低低地说："真的谢谢你！那些赔偿的钱该由我付！"

老耿见是麦叶，哈哈一乐："人是我打伤的，哪该你付钱。这不成了我请客，你买单了！"

车间里很空，鼻尖上已经冒汗的麦叶又对老耿说了一句："我去镇上派出所看你，说你已经被送到县里了。"

老耿像是被雷电击中，他声音不再嚣张，嘴唇哆嗦着："你只要有这份心，我就是被枪毙了，也够本了！"

老耿第一次没有以轻佻和浪荡的口气跟麦叶说话，而且第一次没有提到"闲扯"两个字。她发现这个男人的内心并没有他身上的肌肉那般强悍有力，最起码在她面前是这样的。麦叶有些担心地问老耿："赔偿的钱够吗？"她从口袋里摸出五百块钱，递过去："就这么多了，以后我慢慢还你！"

老耿推开麦叶的五张百元大钞："钱已经赔过了，我惹下的祸，与你无关！我挣的比你多。"老耿推钱的动作坚决而小心，他的手在距离麦叶手指不到一厘米的地方猛然回缩，像是怕碰上地雷，这个玩世不恭的男人原来这般胆小如鼠，都说他"闲扯"过一二十个女人，麦叶觉得很不真实，也许就是造谣。她觉得老耿属于那种"嘴上穷狠，见色发冷"的男人，平时只是过过嘴瘾而已，这样的男人生活中隔三岔五总能碰到。但有一点是可以肯定的，老耿绝对是一个仗义的男人！

麦叶这样想的时候，自然就不再紧张和恐惧，心里被一种感动的情绪包围了个水泄不通。感动和冲动是一对孪生兄弟，感动中的麦叶想起老耿在拘留所半个月的伙食比包身工还糟糕，一冲动，对老耿说："国庆节放假我请你吃火锅！"就像她那次对桂生说"我想你"一样，麦叶一说完就后悔了，吃饭是补充营养，是表示感谢，是表达暧昧，还是同意"闲扯"？都像，又都不像。老耿不相信自己的耳朵："是我听错了，还是你说错了？"

厂里后勤主管过来关车间的卷闸门，后勤主管对老耿和麦叶语气轻佻地说了一句："车间可不是'闲扯'的地方。"这里的男人和女人多多少少都有一点变态，所以，老耿和麦叶都没怎么在意。

老耿准备去仓库，电瓶车启动前，他对麦叶说："货马上运库房，我骑车送你回去！"麦叶说不。麦叶自己一个人走进了秋天的黄昏中。

离国庆节还有一个多星期，麦叶被她冲动时的承诺绑架了，她不知道该如何面对那个日子，也不知道见面时她该说些什么做些什么。虽说麦穗和麦苗都认为老耿用苦肉计来感动和勾引麦叶，但这些判断到了麦叶这里就只剩下感动，勾引却是连一个偏旁部首都没留下。在一个夜深人静的后半夜，麦叶甚至觉得就算是老耿勾引她，她也认了，她愿意被老耿勾引，就像麦穗说的那样，老耿是毒品，明知有毒，却欲罢不能。那一刻，桂生如同山谷间的一团晨雾，若有若无，虚幻而迷离。麦叶睡着后，梦中的桂生真的就是一团雾，飘忽中被早晨的阳光粉碎，桂生所有的表情连同他的牙齿和咳嗽声全都化为乌有。第二天麦叶是被早晨的阳光惊醒的，窗外漏进来的一缕阳光照亮了"鸽子笼"里潮湿的地面，麦叶呆坐在床上，视角沿着光线的方向，却看不到桂生的蛛丝马迹，她有些鄙视自己，竟然忘记了桂生的模样，忘记了冬天桂生下河摸鱼为她买的戒指，那枚戒指去年麦叶要当了给公公看病，可桂生坚决不同意。麦叶白天走在阳光下，特别希望自己被阳光化作一粒尘埃，或一撮灰烬。

老耿和麦叶每天在车间里都能遇见，车间没有活动自由，而且严禁说话。有时候麦叶会抬起头用一秒钟不到的时间瞥一眼老耿，她发觉老耿的头发和胡楂已被修理整齐，身上早就褪尽了拘留所的气息，蓝色工装与发达的肌肉紧密贴合，上下服服帖帖。老耿在车间里跟麦叶形同路人，麦叶以为前些天开出的空头支票已经作废了，可临近国庆节的那天夜里，老耿的电话打过来了："你说请我吃火锅的话，还算数吗？"麦叶已经不怎么怕老耿了，也不再抗拒老耿的电话，她有些别有用心地在电话里问老耿："算数怎么说，不算数又怎么说？"老耿在电话里说："算数你请客，不算数我请客！"

国庆节厂里工会安排了六部大巴车，邀请无处可去的打工男女去参观游览滨海集装箱码头，还免费吃一顿有少量海鲜的午餐，麦穗来找麦叶，说想拍几张码头的照片发回去，激励激励读小学的儿子，将来长大后争取到码头上开吊车。麦叶说，国庆节我不想出门，麦穗问为什么，麦叶说外面太危险，我怕。麦穗说，光天化日，怕什么？下午就回来了。麦叶还是不愿去，麦穗说："你不去拉倒，我约老耿去！"

麦叶听到老耿的名字，像是听到了海洛因或罂粟的名字一样，她没说话，径直走向有鱼腥味的烧烤大排档，麦穗被扔在味道复杂的风里，黄昏正在步步逼近。

10

麦叶是读过琼瑶和席慕蓉的女人，中学时的数理化还有外语单词都还给了老师，但偷偷读过的浪漫而忧伤的琼瑶、席慕蓉的文字，却在大脑里生了根。她隐约还记得席慕蓉在她辍学时给予她的文字抚慰：所有的颜色都已沉静／而黑暗尚未来临／在山冈上那丛郁绿里／还有着最后一笔的激情。而国庆节这天早晨一睁开眼，麦叶却被席慕蓉的另一句话套牢了："再不相遇，就老了"！

"再不相遇，就老了"，被麦叶定义为："再不请老耿吃饭，就失去了向老耿表示感谢和感激的机会，再往后拖就拖没了。"她不愿正视请客背后的任何其他意义。

麦叶是胆小的，也是复杂的，复杂得连她自己都理不清自己。

老耿因为在"夜来香"拔刀相助被罚得倾家荡产，还欠了债，如今不跑点外快连抽烟的钱都没有了。所以国庆节一早发过来一条信息，说节假日镇上生意好，要跑摩。吃饭最好放在晚上。最后还文明礼貌地附了一句："恳请告知地点，万分感谢！"

麦叶没回信息。没回是因为纠结，纠结在麦叶心里几乎成了一个死结。

国庆节各家工厂都有安排，人大多出去了，下浦村空了一大半，但麦叶心还是悬着，在哪儿请老耿？如果在村巷的小馆子里吃火锅，让别人看见了，她解释不清楚；而镇上自中秋节"夜来香"出事后，她是再也不敢去了；如果买一些卤猪头肉、酱鸭、茶干、花生米和烧酒到出租屋里吃饭倒是没人看见，但要是被人看见了，那就更是跳进黄河也洗不清了；如果说自己生病了，把请客干脆推掉，倒是方便，可转念一想，老耿要是执意来出租屋把自己送医院去看病，不仅要穿帮，遇到熟人更加解释不清；想来想去，直接爽约最简单，但麦叶又觉得对不起人，老耿为自己付出了惨重代价，自己总不能落下个出尔反尔不讲信用的口实。一上午，麦叶在小屋里搜肠刮肚，她望着屋外面粉一样密集的阳光，始终没想出头绪来。中午肚子饿了，她给电饭锅插上电，准备煮面条，这时候，她才发现这个上午自己已经将六平方米的"鸽子笼"打扫得干干净净了，枕巾换了一条新的，粗布条纹床单被抹得又平又直，印着荷花的被子叠得整整齐齐，墙上那面缺了一个角的镜子擦得透明锃亮，老鼠经常光顾的纸板箱用胶带整齐密封，水泥地面也被抹布擦了一遍。麦叶都不知道自己是怎么做完这一切的。

　　电饭锅开始煮面的时候，麦叶心里的纠结已经基本抹平了，晚上请老耿在自己的屋里吃饭，比外面安全，别人也不会看到。至于吃完晚饭后会发生什么，麦叶不愿想，想也想不清楚，所以就不想了。

下午很漫长，麦叶买了一大包卤菜，又买了两瓶高粱酒，还有两个塑料杯子，总共花了六十三块四毛，这是麦叶出来打工在吃饭上花钱最多的一次，不过这次不是吃饭，是还人情。今天晚上，她想把自己灌醉，在老家村子里，醉了哪怕骂架、斗殴、掀桌子、放火烧房子都情有可原，所以，麦叶想让自己喝醉后成为一个宠辱皆忘、没有责任的人。买完酒菜回来的路上，她遇到了隔壁屋里的林月，林月说她晚上去老乡那里吃饭："你也请人吃饭？"林月对着麦叶的一包酒菜问道，麦叶欲盖弥彰地说："我，我买了自己吃。"林月笑了笑，说："我今晚上住老乡那里，你就放心地慢慢吃吧！"

太阳还没落山，老耿就来了，他是带着两只卤猪蹄和一个MP3来的，麦叶见了老耿再也没有第一次那么紧张和恐惧了，她像是接待一位多年不见的远房亲戚一样，诚恳而又真实。麦叶第一句话不是说你怎么带卤菜来了，而是问："你的摩托车呢？"老耿低着头进屋："我怕放在外面被人偷了，送回去了。"这一问一答有点像两个人在练太极推手。

屋内没有桌子，酒菜就放在封了口的纸板箱上，麦叶坐在床沿，老耿坐在挪了位置的床头柜上。一开始麦叶想把门开着吃饭，可当酒菜摆开后，她发觉这比在饭店公开吃饭还要令人生疑，于是，她就对老耿说："天黑了，开灯吧！"说着就关上了门，拉亮了电灯。昏黄的灯光照亮了纸板箱上的酒菜，屋内气氛突然变得暧昧而含糊起来。老耿今天不仅穿了一件浆洗干净的夹克，脚上的那双真假不明的皮鞋也擦得锃亮，他的语气和声音也像他修剪过的胡楂和头发一样有板有眼，麦叶恍惚中觉得老耿像一个搞艺术的人。

动筷子前，老耿将挂着耳机的MP3从夹克口袋里掏出来："我觉得你有艺术气质，给你最合适，里面有三百多首歌呢，你听听！"麦叶不会说谢谢，只是说："这得要多少钱，你哪有钱呢？"老耿将耳机线理顺，递上MP3："在镇上拉客捡的，不知谁下车匆忙落下的，耳机缠在后座上，回来一试，好的。没花钱！"

麦叶用新买的塑料杯给老耿倒了满满一杯高粱酒，自己拿平时刷牙的玻璃杯给自己倒了大半杯。在这之前，麦叶从没喝过高度酒。端起杯子，他们就像在食堂用餐一样，没有任何请客的仪式，老耿将一个卤猪蹄塞给麦叶，自己手里抓了一个，说："来，喝酒！"麦叶说："好，喝酒！"一人灌了一大口，麦叶觉得烧酒像一条火蛇顺着喉咙钻进了胃里，沿途火光冲天，脑袋里像老家山谷里的早晨，大雾弥漫。老耿说："你喝得太猛了！歇一会儿，吃点菜，听一会儿音乐！"麦叶抓了几粒花生米，嚼了一会儿，脑袋里稍微明朗了一些。老耿伸手打开MP3，麦叶塞上耳机，里面正好播放《风吹麦浪》：

> 远处蔚蓝天空下
> 涌动着金色的麦浪
> 就在那里曾是你和我
> 爱过的地方

　　麦叶听着听着眼睛里就盈满了泪水，此刻她看到老家蔚蓝的天空下，沿河谷一带麦浪汹涌，可那里只是她和桂生干苦力的地方，不是什么相爱的地方。最后一笔激情是在麦田里被耗尽的，那是一个与爱无关的地方，自己只是一个与活着有关的人。

　　老耿见麦叶热泪盈眶，就说："我猜你是被音乐打动的，而不是被烧酒烧的！"麦叶发觉老耿把自己看透了，她点了点头，算是对老耿理解自己的认同，老耿说："你高中，我初中，我没你文化高，但我喜欢有文化的人，武术没学成后，我想当一个记者，我给县广播电台写过稿子，最多一次，收到过两块钱稿费。"麦叶突然很好奇："怎么又出来打工了呢？"老耿说自己想当记者的时候，结过婚了，超生罚款，老婆整天跟他闹，这才出来，"家里被罚了个底朝天，一万多斤小麦被罚掉了，三四年庄稼白种了"。

麦叶突然觉得老耿很可怜，这是一个心比天高命比纸薄的男人，他只是活在他的想象中，她确信，所谓"闲扯"过一二十个女人，只是别人对他的黄色想象。麦叶端起刷牙杯，心生怜悯地跟老耿碰了一杯："我不大会说话，中秋节那天真是给你添麻烦了，我心里一直过意不去！"

老耿喝了一些酒，说着说着又冒泡了："没有'夜来香'，哪有今晚的酒肉香。你从不给我机会，被拘留，我一点都不抱怨，因为我总算给你做了一回贡献！只是那天下手比较狠，钱赔多了！"

麦叶心里一直有一个疑惑，老耿是怎么知道自己电话号码的，"那天，我没说话，你怎么知道是我打的电话？"

老耿将一块酱鸭骨头吐了出来："员工花名册里一查不就知道了，这有什么难的！"

麦叶问："你查我电话干吗？"

老耿将半塑料杯酒倒进喉咙里："这我跟你说过，你跟下浦村所有女人都不一样，我早看上你了！"

麦叶没反驳，也不正面回应，她只是将自己的刷牙杯和老耿的塑料杯倒满酒，然后端起来，顾左右而言他："我敬你一杯，干杯！"说着像喝矿泉水一样一口气喝干了一茶杯烧酒。

麦叶的大脑像是一大堆麦秸被天火烧着了，烈焰张天。

老耿愣住了，他有些不知所措地望着麦叶通红的脸："你这么大酒量，平时一顿喝多少？"

麦叶脑袋已经不由自己做主了，吞吞吐吐地说："没喝过，不知道能喝多少。"

老耿很轻松地喝干了杯中的酒，他说喝八两酒开摩托车正舒服，但他劝麦叶："没喝过烧酒，你就不要喝了。"

麦叶撬开了第二瓶酒，又给自己倒了满满一杯，她硬着舌头说："我想喝，我想喝醉！"说着自己端起杯子独自喝了起来。

老耿发觉麦叶有点不大对头，于是他扔掉手里刚抽了两口的香烟，站起来夺过麦叶的杯子："你不能喝了！"

杯中的酒泼洒到两人的身上，两只手终于纠缠到了一起，麦叶嘴里喃喃地说着："能，我能喝！"

老耿夺下杯子，脖子却被麦叶双手吊住了，麦叶目光迷离地望着老耿："你是我的恩人，你是我的冤家！"

这时的老耿突然酒醒了一半，他警惕地盯着麦叶，像是盯着一个陌生人："你早就打算今晚把自己灌醉，是吗？"

麦叶依旧死死地吊着老耿的脖子，嘴里逻辑混乱地呢喃着："借酒壮胆，借酒发疯，我要喝酒！"

老耿用力掰开麦叶的两只胳膊，他像是突然被人打了一耳光一样，情绪很激动，他大声地对着麦叶吼着："你想醉酒从了我，好让我趁你喝醉占便宜，你把我看成什么人了，告诉你，我没那么下贱！"

麦叶已无力说话，或者说没听到老耿说的话，她倒在了自己那张狭窄的单人床上，像一条柔软无力的蚕，头发散乱，满面绯红，身体和胸脯不规则地此起彼伏。

老耿将屋内的鸡鸭残骸收拾干净，又倒了一大杯白开水放到麦叶的床头，才离开。

老耿离开麦叶的时候，还不到晚上八点。

老耿回到自己的出租屋里，情绪很是败坏，他能听到自己的嘴里不停地喘着粗气，进门拉亮了屋里的电灯，老耿发觉身后紧跟着闪进来一个人。他扭头一看，是麦穗。

11

老耿的痕迹在第二天一早就被麦叶抹了个一干二净。麦叶将剩下的猪头肉、酱鸭和花生米，还有大半瓶白酒一股脑地全都扔进了巷子里的露天垃圾池里，她看到成群结队的苍蝇喝醉酒般地直扑残羹剩饭，她觉得自己昨晚就是这其中的一只苍蝇。

晚上麦穗在麦叶的屋里没有看到老耿的痕迹，但她闻到了屋内由于通风不畅而挥之不去的酒气，更为糟糕的是，麦穗从床下面踢出了一个空烟盒，烟盒是新的。这屋里来过男人，而来过的男人绝不是收电费的老头。麦穗眼睛死死地盯住麦叶："你得告诉我，'闲扯'的男人是谁？"

麦叶虽说昨晚喝多了，但她醒来的时候，衣衫完整得几乎一丝不乱，她除了接老耿递过来的MP3碰到过他的手指，没有任何手指之外的感觉和记忆，所以麦叶很清白地告诉麦穗："没有'闲扯'，哪有男人？"

麦穗生气了，她从地上捡起烟盒，故意放在鼻子前嗅了嗅："你会说，这烟盒是收电费老头扔下的，酒味是你自己一个人喝酒庆祝国庆留下的，你自己会相信吗？"麦穗狠狠地扔了烟盒："别跟我胡说八道，我不是你们家小慧，四岁的生日还没过！"

麦叶觉得自己被逼进了一个没有退路的死胡同，她不知道如何为自己辩护，她想坦白为感谢老耿"夜来香"拔刀相助才请他来屋里吃过饭，但请吃饭为什么不到饭店去请，请到自己的小屋里，关起门来推杯换盏，什么意思？这还用往下解释吗？老耿是打工村里出了名的少妇杀手，你请他到自己屋里"吃饭"，等于请他到自己床上"闲扯"，这两个词在老耿那里是一个意思。麦叶终于知道什么叫作"走投无路"了，麦叶知道坦白等于是认罪，而她自认为清白，所以在麦穗咄咄逼问之下，仍做绝望中的最后抵抗，她把球踢给了麦穗："姐，我真的没有跟男人有瓜葛。你又不是不了解我，你说我能跟谁'闲扯'？"

麦穗目光锥子一样锥住麦叶："老耿！"

麦叶一下子急了，她委屈得哭了起来："姐，你这么说让我以后怎么做人？"说着她拉住麦穗的胳膊，"走，找老耿去当面对质，我什么时候跟他'闲扯'了！"

老耿这个人从来都是敢说敢当，在"闲扯"这事上从不避讳，而且经常添油加醋夸大其词，麦叶确信这是老耿在麦穗面前吹牛吹出来的冤案，她没做，所以，她不怕。

麦穗怕了，因为老耿没告诉她跟麦叶"闲扯"，连在麦叶这里吃饭都没说，这一切麦穗完全是推理推出来的。昨晚上麦穗去老耿那里先是说了一番今晚月亮真圆之类的话，然后说代表妹妹麦叶来谈谈拘留罚款怎么处理："麦叶当然要放点血，五千六的罚款最起码她要赔四千，我不能让你既坐了牢，还要倒贴钱！"麦穗这么晚来谈别人的事，还为老耿抱不平，胳膊肘往外拐，拐得有点不近人情，拐得有点荒谬。老耿当然知道麦穗是什么意思，喝多了酒的他几乎用逐客的口气对麦穗说："刚从牢里出来，我对国家大事都不关心，对女人更是毫无兴趣！"麦穗对着老耿屋内的摩托车狠狠地踹了一脚："姓耿的，你不要自作多情了，我找你是来谈事情的，你自作多情想得太美了。你不撒泡尿照照自己，你什么东西！换个地方，你就是一个穷得叮当响的小瘪三！下三滥，活流氓！"老耿不生气，不辩解，他甚至有些惭愧了起来："对不起，我酒喝多了，如有冒犯，还望多多包涵！不过，我希望你嘴下留情，我承认我是小瘪三，但你不能骂我活流氓和下三滥，我是个堂堂正正的男人，我没那么贱！"

麦穗本来对麦叶不去集装箱码头看风景心生疑惑，约老耿一道去，老耿又没回电话，她凭直觉觉得有些不妙，那晚回来后见老耿屋里风平浪静，她就没话找话地进屋了，在被老耿一顿抢白后，她否定了自己天马行空的联想，但第二天到了麦叶屋里后，想象又如同脱缰野马，麦叶屋里来过的男人如果不是老耿，就是桂生，而桂生正在老家的山谷里收割庄稼呢。可麦叶哭着要拉麦穗去找老耿对质，麦穗又糊涂了，如果真有什么事，麦叶不会如此激烈的，因为麦叶是一个性情温和的女人。麦穗觉得自己的大脑里灌进去了一斤多烧酒，昏昏乎乎的，压根不知道在她视线之外发生过什么，她心虚了，搂着麦叶，并用自己粗糙的手抹去麦叶眼角边的泪水："好了，别哭了，姐是怕你被人家欺负了，才这么多管闲事的！当然了，你要是真看上老耿，我也没什么好说的，但他根本就配不上你！他在女人面前仗义，只是为了勾引女人，下三滥，活流氓！"

尽管麦穗不愿把麦叶和老耿放在一起联想，而且她也愿意相信麦叶眼泪的真实性，但她实在没法理解麦叶屋里的久久不绝的酒气和那个经不起推敲的空烟盒，王瘸子绝无可能，那会是谁呢？此后的日子里，麦穗没好再问，麦叶也从来不说，秋天就这样慢慢地向深处滑行，屋外从海上漫过来的风越来越咸，越来越冷了，村巷里一些无人管理的大叶杨树在秋风中纷纷落叶。

麦穗发觉麦叶心思太密，藏得太深，她很懊恼，也很无奈，她固执地认定"鸽子笼"里的空烟盒和酒味就是麦叶和老耿铁板钉钉的"闲扯"证据，可她又实在拿不出一星半点的其他证据。矛盾纠结中的麦穗有一次莫名其妙地对麦叶说了一句："我脑子真笨，就小学毕业。我要是你肚子里的蛔虫就好了。"

麦叶听得一脸迷茫，似乎有些明白，又有些不太明白。她需要给麦穗一个解释，但这个解释就像衣服里面的一个疮疤，捂着还好，一揭开就是一个疼痛难忍的伤口。所以她一直不跟麦穗解释自己屋里的酒味和空烟盒。国庆节后，车间里每天都能见到老耿，老耿开着电瓶车在她面前不足一米的地方穿梭来往，可他从来没看过麦叶一眼，麦叶偶尔抬一下头，看到老耿完全是一个木偶，他脸上的胡楂也如细铁丝一样生硬，他们像是隔着楚河汉界的两个毫不相干的陌生人。

麦叶晚上兼职的烧烤店终于倒闭了，歇了几晚，她又找到了一个火锅店洗碗碟的活，站在水池边洗涮的时候，她耳朵上挂着耳机听MP3，重复洗涮很无聊，每当麦叶累到手指发麻、人有些恍惚的时候，麦叶似乎听到MP3里面是老耿在唱歌，有一次火锅店那个嘴有些歪的小老板拍了一下麦叶的肩膀："我说妹子，你也老大不小的了，还边洗碗边听歌，你们厂里是这么干活的？"此后麦叶再也不敢听MP3了。

国庆节后，麦叶和老耿没有过任何联系，冬天将至，吃火锅都有人穿上了毛衣，一天晚上十点多钟，老耿跑黑摩的跑到了村巷里的火锅店门口，麦叶正准备下夜班，两人在流淌着花椒和辣油味的店门口不期而遇。麦叶慌了神，她不知道该跟他说什么。老耿倒是很随意，摩托熄了火，他搓了搓有些冰凉的手，说："天冷了，人都不出门了，生意好难做。"麦叶多心，就很不安地说："你欠的钱该我还的！"老耿说："你再提赔钱就没意思了，这事早就了结了。不过，你可以把上次捐款的三十块钱还给我，手头有吗？"麦叶刚好领了这一礼拜火锅店打杂的七十六块钱工钱。麦叶掏出一张五十的递给老耿，老耿接了过去，又找了麦叶二十块，麦叶推挡说不必找了，老耿说我又不是放高利贷的，推挡中两人的手第二次碰到了一起，麦叶有一种被火锅汤烫着了的感觉。

老耿讨回了三十块钱，解释说厂里把这两个月的工资都扣下还打架垫付的赔偿款了，明天要给老家读中学的孩子汇生活费，这两个月跑摩的总共挣不到五百块钱，凑上三十正好刚够五百，还能剩下两包烟钱："实在不好意思，明天一早就要汇走！"麦叶说："是我不好意思，拖累你了！"

火锅的气味渐渐稀薄，店关门打烊了。村巷里路灯一大半都不亮，在一盏摇摇晃晃的昏黄的路灯光下，老耿突然问了一句："要不要我送你回去？"

麦叶望着被灯光扭曲得脸色蜡黄的老耿，多此一举地问了一句："晚上巷子里是不是很不安全呀？"

老耿说："这倒没有，好几个月村子里都没犯案子了。"

麦叶说："我家也不算远，前面过两个巷口，我就到了。"

老耿说："是不远，那我是不是就不用送了？"

前面的对话还比较流畅，说到这里，麦叶停了一会儿，她看了一眼情况复杂的天空，天空有少量的星星在既定的位置上发着微弱的光，它们按部就班，几万年如一日，从没改变。麦叶终于说："那，那就不用送了，谢谢你！"

老耿发动摩托后，又对着麦叶说了一句："什么时候需要我，跟上次'夜来香'一样，直接给我打个电话！"

摩托车一溜烟钻了出去，麦叶看到的是老耿和摩托同时被黑暗吞没了。

12

冬季人不容易发火，天却容易起火，那天上午厂里搞消防演习，车间外墙角边点燃了电子厂的边角废料，野火浓烟冲天而起，车间里全体员工紧急疏散，消防车拉着警笛直冲现场救火。蚂蚁一样密集的员工们站在工厂大门口很愉快地看着厂里虚假的火灾和救火表演。这时电视台记者钻进了人群中，一位记者拉住相貌特征明显的老耿："请问这位工友，你对打工村里的临时夫妻怎么看？"老耿说："夫妻就是夫妻，临时的就不能叫夫妻。"这时记者身边一个头发比较凌乱的中年男人说："我是作家，正在着手写一部临时夫妻的小说，我想请你谈谈，临时夫妻究竟是为了性，还是为了情？"老耿有些不耐烦了："我们这里没有临时夫妻，你们这些人真无聊，不去采访火灾演习，拿我们这些打工的孤男寡女寻开心！"麦叶那个时候在距离摄像机和作家不到一间屋的距离，她觉得老耿回答得真棒，记者和作家问这个问题太不厚道，想出他们这些穷人的洋相。

火灾演习很快就结束了，员工们纷纷走进车间，电视台记者和那个作家开着小车走了，后来听说报道演习的是另一路新闻记者，工厂大门口的是电视台《实事求是》栏目组的记者，他们总想对生活真相进行挖掘，但基本上是越挖掘离真相越远。

就在记者、作家采访的当天晚上，十点半左右，刚从火锅店下夜班回来的麦叶身上像是背了一袋生水泥一样，很重，很沉，她没洗漱，直接躺在床上听起了MP3。没听一会儿，那首男女二重唱的《萍聚》在恍恍惚惚中演绎成了她和老耿在对唱。错觉越陷越深，麦叶泪流满面：

> 别管以后将如何结束
> 至少我们曾经相聚过
> 人的一生有许多回忆
> 只愿你的追忆有个我

屋外刮起了冬天的风，风声尖锐，能感觉到有一种呼啸的气势，可没有窗户的小屋里却是一种窒息，麦叶突然觉得喘不上气来，猛烈地咳嗽了几声，脸上像是刷了一层火锅店的辣椒油，直冒汗，接着又是全身发冷，她觉得自己可能感冒了。沉溺于感冒幻觉中的麦叶几乎不假思索地拿起枕边电话，轻轻一滑，通信录里的"橘黄头盔"就迅速跳了出来，正要按，手指突然抽筋，僵住了。麦叶不知道跟老耿说什么，送她去诊所，还是买一些药送过来？是不是自己已经严重到不能去几百米外的小诊所买药了？再往下追问，受了点风寒，既不发烧，也不头疼，需不需要去诊所，需不需要去买药？麦叶理不出头绪了，她将手机塞到枕头底下，躺在条纹粗布床单上看着黑乎乎的屋顶，满脑子的胡思乱想。她想，也许明天感冒就会加重，她希望明天晚上在火锅店打杂的时候，能够发烧，最好是当场晕倒，那样她就可以给老耿打电话，让他带她去看病，看完病，再送她回去。大约在后半夜的时候，她已经想好，这次绝不犹豫了！

迷迷糊糊中，麦叶睡着了，似梦非梦中，麦叶听到屋外激烈的争吵声和摔椅子砸电饭锅的声音，而夹杂着的女人尖厉的哭声像刀子一样捅进了茫茫黑夜。外面的动静混乱而恐怖，麦叶拉亮电灯，听清了激烈的声响就在隔壁河南女工林月的屋里，麦叶慌忙下床，忐忑地跑出去，推开林月的屋门，见一个五大三粗的男人将一个白净瘦弱、戴着眼镜的年轻男子打得鼻孔流血，年轻男子抱着头蹲在地上，林月披头散发衣衫不整地坐在床上不停地哭着。平时温和的麦叶急了，她搂着林月的腰，指着蹲在地上的年轻男人，对五大三粗的男人谴责道："你凭什么打人，人家是林月的丈夫，你算什么？"

那天早上麦叶见过这个戴眼镜的年轻男人，林月介绍说是她丈夫，来探亲的。

五大三粗的男人不理睬麦叶，他对着年轻男人又狠狠地踢了一脚："你以为你有几个臭钱，就胆敢霸占民女！"他又薅住林月的头发："还有你，你这个婊子，老子里里外外、没日没夜地操持一家老小，你他妈的背着我偷人！良心被狗吃掉了！"麦叶似乎明白了，她不再替林月辩护，但她推开了男人薅住林月头发的手，麦叶感到男人的手指充满了愤怒与暴力。

没多少人愿意插手这种事，不好说，也不该说，然而，周围的租客中有人打了报警电话。后来，警察将林月两口子和戴眼镜的年轻男人带到镇上派出所去了。

第二天一早，买了早点的打工族们从村巷里走出来，他们朝着工厂的方向边走边吃，边吃边议论昨夜发生的事。高压开关厂河南女工林月跟同一个工厂的安徽的戴眼镜技术员"闲扯"到了一起，林月老家的丈夫人虽五大三粗，心却很细，他想办法搞到了林月与年轻技术员频繁的通话记录，并在一个夜深人静的时刻悄悄来到下浦村，在两人毫无觉察中，当场将他们在床上活捉。麦叶听着这些传闻，像听着一个古代的故事，觉得很遥远，很不真实。中午吃饭的时候，厂区食堂里也在到处传说和议论这件事，麦穗用一种客观的语气告诉麦叶："做这种事，是有风险的！"国庆节后，麦穗就不怎么跟麦叶来往了，她们只是在上下班路上遇见的时候，才说上几句闲话。麦叶觉得这样挺好。

第二天晚上下班后，麦叶继续到火锅店打零工，但奇怪的是，她的感冒好了，不仅没发烧，没头疼，连昨晚全身酸软无力的感觉也无影无踪了。她找不到理由给老耿打电话了，所以，她是身体健康、心平气和地回到"鸽子笼"的。

见隔壁林月屋里还亮着灯，麦叶就过去看了一下，没见到林月，却见到房东正在将林月的旧鞋子、纸盒子、塑料盆之类的东西往屋外扔。

房东也是农民，先前是养兔子的，兔圈租给麦叶她们，自己住到了镇上的新农村新楼里。麦叶问林月呢，房东像兔子一样眨着一双精明的眼睛说："被她男人带回河南了，还欠一个多月电费没交呢。"房东说连夜收拾屋子是因为第二天有新房客要搬进来。

麦叶望着这个已经没有了人的温度的空间，她觉得林月不是走了，而是死掉了。一种悲凉的感觉在夜风的推波助澜下，不断地被强化。

13

圣诞节之前，厂里的订单多了起来，晚上居然又需要加班，每个星期最多能加上两个晚班，即使再累，麦叶总觉得在厂里加晚班名正言顺，这跟扛水泥、卸黄沙、清洗海贝带鱼和碗碟是根本不一样的。

麦叶希望自己晚班的时候能遇到老耿，老耿要是愿意下夜班用摩托车带她，她就不打算再拒绝了，夜色中每个人的面貌都是含混不清的，再说平时麦叶从来不跟那些蠢蠢欲动的女工来往，所以也没几个女工关注过自己。女工们把某一种女人叫作"石女"，不喜欢男人，还不愿跟女人打交道，麦叶差不多就是"石女"，所以即使有人认出她趁着夜色坐上了老耿的摩托车，也不会过度在意。

然而，麦叶不仅在加夜班的时候没见到老耿，连正常的白班也没见着。麦叶莫名其妙地慌了起来，她怕老耿再惹出什么事被抓进去，或者这个人从此就失踪了。下浦村这一带经常有工友家里出大事突然辞职的，比如跟麦穗"闲扯"过的老郭，还有像林月那样露水鸳鸯东窗事发，工资不要就走人了，她不知道老耿是怎么突然不见了。她想问仓库主管，下班时，到了仓库门口，站在主管面前，原先想好了的那句"老耿是我老乡，我欠他钱，找他还钱"，此刻却一个字也说不出来了。主管是一个长相有些猥琐的中年人，他看麦叶东张西望的，就用手指着库房东边的一座烟灰色的屋子："你是新来的吧？厕所在那边！"

找老耿变成了找厕所，麦叶预感到事情有些不妙。

其实给老耿打一个电话很简单，但打电话说什么呢，问"你到哪儿去了，怎么没来上班？"为什么问这话，问这话是什么意思？麦叶晚上将手机抓在手里，一筹莫展。

于是，麦叶准备自己一个人到老耿住的地方去找他，一路上麦叶的想象无边无际、混乱不堪。已是夜里十一点多了，她像一个小偷向着"下浦南头16号"的那条巷子深一脚浅一脚地走去，这是一个即将拆掉推平的村子，冬天的巷子里寥寥无几的路灯鬼火一样泛着黯淡的光，风一吹，灯光就碎了，路上偶尔有骑着自行车的人匆匆经过，留下的是一串冷风。一个馄饨挑子在巷口卖馄饨，见麦叶来了，卖馄饨的老头对麦叶说："来碗馄饨暖暖身子，早点回家睡吧！日子不太平，听说前几天镇上又有打劫的出山了，好像闹出了人命。"麦叶停下脚步，犹豫着，虽没来过这里，但她凭感觉觉得这儿离老耿住的地方已经不远了，于是她问另一个在馄饨挑子吃馄饨的陌生女工："附近是不是住着一个叫老耿的？"估计刚下夜班，陌生女工吃相有些贪婪，一直没抬头，听到了老耿这个名字，立即警觉起来："好几天晚上都没见着人影了，天知道他又睡到哪个女人的床上去了。这么晚了，你找他干吗？女人要有自尊，哪有倒贴送上门的，他伤的女人太多！"麦叶被这个陌生女工呛得牙齿酸疼，她没说话，也没买馄饨，转身回去了。确实，这么晚出门去找一个男人，哪怕故事编得跟作家写的一样，也没法获得一个纯洁的评价。

回到出租屋，麦叶感到全身发冷，她的心突突地乱跳着，她无法遏制自己对老耿不祥的关注和想象，于是，麦叶再也顾不了那么多，她拿出手机，拨打了老耿的电话，当按键轻快地跳跃时，麦叶才觉得自己谨慎得有些蠢，本来很简单的一件事，她整整纠结了两天，难怪麦穗说自己太不潇洒。

可电话里传来的声音是："您拨打的电话已关机，请稍后再拨！"因为要跑黑摩的，麦叶知道老耿二十四小时从不关机，所以麦叶一直不停地拨打着电话，到了后半夜三点多，麦叶的手指已经麻木，电话里却一直重复着同样绝望的回复。麦叶放下电话，心里只冒出了两个字：坏了！

第二天傍晚，麦叶刚下班，手机响了，她以为是老耿打来的，迅速掏出电话，一接听，是镇派出所。派出所上来劈空来了一句："人已经抢救过来了，神志不太清楚，一问三不知，只记得你一个电话号码。你是他什么人？赶快过来！"

老耿是被打昏迷后送镇医院抢救的，三天后才醒过来，醒过来医院就跟他要医疗费，总共两千一百块，而刚发了工资的老耿卡上只剩下一千七百块钱，还欠四百块钱，老耿在医院的催逼下，连自己是哪里人都记不起来，却一口报出了麦叶的号码。

　　麦叶心神不宁地赶到医院，见老耿头上缠着纱布，眼睛血肿，整个脑袋像一个破瓦罐，而老耿看到麦叶，丧失的记忆一下子全激活了。

　　三天前晚上九点多钟，老耿开黑摩的送客到镇子老街后面的一条人烟稀少且没有路灯的小路上，这时突然从路边的葡萄园里钻出两个人影，不说任何话，劈头一木棍，将行驶中的老耿劈昏在地，他几乎没做出任何反应，人就被撂倒了。后来是一个下夜班的三陪小姐报的警，老耿才被警察送到了医院，老耿说："当晚跑摩的的三十二块钱，还有我身上的现金一百零六块，华为手机都不见了。"麦叶坐在老耿的床边，一言不发，她不知道说什么好，只是不停地给老耿倒水喝，老耿显然对喝水并没有多少热情，但麦叶不停地倒给他，他就不停地喝着，一直喝到喘不上气来。

　　警察当着麦叶的面做着笔录，老耿刚说完案情，办案的两个警察几乎异口同声地说："抢劫，暴力抢劫案！"那个终于看清了老耿面目的老警察曾办过中秋节老耿伤人的案子，他开玩笑地说了一句："看你这身板，又进过少林武校，挨打的该是别人，没想到风水轮流转，转到了自己头上。"老耿头上缠着绷带，尴尬地苦笑着："暗箭难防。"做记录的小警察临走前问麦叶：

"你是他什么人？"麦叶一下被问愣住了，脸上紧张得快要崩溃了，老耿很从容地替麦叶回答："我们是老乡！"

麦叶替老耿补缴了欠医院的四百块钱医疗费，又给老耿留下五十块钱买饭吃，她有些不好意思地对老耿说："就这么多了，我公公每个月吃药就要八百多块，人都瘫在床上了。"老耿有几次想拉住麦叶的手，但他的手在伸出后，又悬在半空，最后又收了回去。麦叶也不太会说话，她只是说："你好好养伤，厂里工会知道了会来看你的。"工会上午已经来过了，没送钱，只送了几袋奶粉和两箱椰子汁，听说老耿是跑黑车受伤的，跟上次"夜来香"见义勇为性质不一样，厂里很不高兴，台湾老板已经发狠话："以后谁在外面干私活出事，厂里一律不管。"

老耿后脑勺开裂已缝好了，脑震荡还要再观察几天，老耿吊了许多水，又喝了许多水，有些憋不住了，要上厕所。镇医院条件是比较差的，几个病房只有一个护士，一直没有护士过来，老耿脸色几乎憋得发紫了，麦叶看老耿额头源源不断地冒着虚汗，就问他怎么了，老耿说没事。旁边病床上的那个不停哮喘的老头很有经验地对麦叶说："你再不扶他上厕所，就要炸泡了！"

麦叶连忙托住老耿的腰，这是第一次大面积接触老耿，她觉得老耿的身体比水泥还沉，身上还有一股残余的血腥味，老耿很困难地坐了起来，蜗牛一样缓慢下床，他轻轻推开麦叶："我自己来！"麦叶不说话，她手抓着老耿正在吊着的盐水瓶，走向病房里的简易卫生间，在卫生间的门口，麦叶举着盐水瓶不知自己该不该进去，她很为难，那个老者说："病人相当于婴儿，你跟他一起进去，有什么难为情的！"

就在这进退两难之际，麦穗和电子厂的几个女工进了门。她们一进门，没有震惊于老耿包裹着的头颅，而是震惊于麦叶在厕所门口举着吊瓶。她们默然不语，不知所措。护士来了，护士将老耿扶进了卫生间。

麦叶站在麦穗和几个女工面前，脸色煞白。麦叶想解释，但越解释越糊涂："是派出所叫我来的！"麦穗和几个女工更加不可思议了，那个叫刘莉莉的女工说："真是奇了怪了，老耿被抢劫打伤，通知麦叶。难不成是麦叶抢的！"而麦穗从看到麦叶手举吊瓶的姿势里已经明白了一切。

老耿出院后的一天早上，麦叶花钱给自己和麦穗一人买了一根油条和一块烧饼，上班路上，她们边走边吃，麦穗吃着烧饼油条，悄悄地对麦叶说："老耿，不错的，真男人！姐为你高兴！"麦叶鼻子酸酸的，她想解释，但所有的解释都是欲盖弥彰。

后来，麦叶在食堂遇见出院了的老耿，老耿对她说："谢谢你，麦叶！欠你的钱，我会还你的！"

冬天已经正式来临了，海边的下浦村是一种潮湿的阴冷，在这样的天气里，麦叶被寒冷的空气反复启发和暗示，她隐隐地觉得，老耿被抢劫有些蹊跷，两个人抢走了他身上的一百多块钱和一个手机，但他身上有身份证和银行卡，却没要，而一上来木棍直接奔头部去，显然第一目标不是逼停摩托车，而是要将人废掉。

麦叶想把这些疑惑告诉老耿，但上班没机会说，下班老耿不来，自己也不去。不来是自尊，不去是自重。下浦村很缺少这种品性，所以，做起来和看起来就有些节外生枝的别扭。

14

年底了，集聚几十家外贸加工厂的下浦村一带大乱，每天都有打工男女扛着大包小包你追我赶地回老家过年，他们大多一两年没回去过年了，有的甚至三四年都没回过老家了，不是不想回去，路途太远，车费、食宿费、过节买东西的花费掏出三五个月薪水都不够，花钱不算，车票还难买，一路逃难一样地回到家，跟家人热乎不了几天，又要往回赶，打工人的感情是粗糙的，他们对过年回家最大的定义就是回去睡老婆、搂丈夫，其次才是看望老人和小孩。

麦叶去年就没回去，离家快两年了，桂生和女儿小慧的面相都有些模糊了，虽然塑料钱夹里有一张全家三口的照片，有时麦叶也拿出来看看，可照片中连自己都变得很陌生了，小慧和桂生像是外国的亲戚。小慧一两个月会跟她通一个电话，电话里小慧跟她说话，如同对着动画片说话，天真幼稚但没有太多的感情依赖，妈妈在她那里只是一个符号，甚至连记忆都没有。离开老家的时候，小慧才三岁，她都认不清自己，当然也很难认得清所谓的妈妈。

那天老耿在工厂门口还麦叶住院的四百多块钱，说自己不回家过年了，他笼统地说了一句："今年不主财运，路费没了，过年跑摩的生意好，一个节能多挣一两千块钱。你回去过年？"麦叶没正面搭腔，只说："你还我钱，真太不好意思，该我还你的才是。"麦叶不要，老耿将钱塞到麦叶棉袄口袋里，发动摩托车一溜烟跑了。日子已进入腊月了，麦叶一次没提回家过年的事，麦穗有些急了。

麦穗找到麦叶："我们家刘大山电话里说，桂生最近老是喝酒，酒一喝多了就打小慧，小慧身上被打得青一块紫一块的，一个大男人，扛了两年了，撑不住了，拿孩子出气。你怎么从来不跟我商量哪一天走？"麦叶吞吞吐吐地说着:"姐,我是想,回去后,就不来了。我不想出门打工了。"麦穗意味深长地望着麦叶:"你舍得?"麦叶认真地说:"姐,我说的是真的,过了年我就不来了。厂里的效益也不好。"麦穗拉着麦叶的胳膊说:"走,先跟我去一趟县城,买些年货带回去。回不回去过年由我说了算,过了年还来不来我说了不算。"

麦叶和麦穗在城里买了一大堆衣服、鞋子、袜子,还有香烟和糖果之类的年货,其实这些东西在老家县城都能买到,但在这里买到背回去,就显得很贵重、很有面子,麦穗说:"外面的月亮总是比家里的圆。"

麦苗已经不在镇上的足浴城当技师了,她到县城开了一个网店,专门在网上卖女人的内衣、内裤、化妆品之类的。麦叶和麦穗扛着一大蛇皮袋年货,七转八绕了好几条街,才在一个居民楼里找到麦苗的网店,一套装修过的三室一厅单元房,就是麦苗的店铺和宿舍。麦叶她们进门,麦苗正在网上发货,她头也不抬地对两位姐姐说:"屋里乱,你们自己倒一口水喝,饮水机就在门边上,晚上我们一起吃饭。"麦穗和麦叶没喝水,她们穿过堆满了纸箱的客厅走进一个摆着双人大床的房间,她们想找个地方歇会儿。房间比客厅更加凌乱,牛奶盒子、饼干桶、手机充电器,随处乱扔,墙上的大屏幕液晶电视机倒是很招摇,只是家具有些庸俗,白里透着黄，黄里透着脏，让麦叶更为震惊的是，床头居然有一幅王瘸子的艺术照，穿上西装领带后的王瘸子神情自负，头发油亮，闻不到他满嘴的蒜味，更看不出有一条腿已经短了十好几厘米，双人大床前的一双男士棉拖鞋，还有床头柜上一个堆满了烟头的烟缸已经无声地说明了一切。麦叶突然想哭，她拉着麦穗的手说："姐，我们走！回家我要告诉来宝叔！"麦穗攥紧微微颤抖的麦叶的胳膊："回去一个字不能说，知道吗？我们在外打工什么都没发生过，你懂吗？不是什么话都能随便乱说的！"麦叶若有所思，她抹了一把快要溢出来的泪水，点了点头。麦穗将床前的那双放反了的女式绣花拖鞋放正，她望着麦叶，也有些伤感地说："出门打工，过的就不是人的日子，不偷不抢，拿自己的青春换一些柴米油盐，算不得遭天杀的！"

十九岁的麦苗忙完了活，进房间后不停地道歉："真对不起，网店就我一个人，实在太忙了！"她说不回去过年了，托麦穗带八百块钱回去给她爸："就说店里走不开，明年保证回家过年！"麦穗接过钱说，可以理解，过年生意总要好些。麦叶一直不说话，脸上有些麻木，听说麦叶和麦穗不愿在这吃饭，麦苗就给每个姐姐送了一支护肤霜、一瓶润肤乳，麦苗似乎看出了一些异样的苗头，就对麦穗和麦叶说："网店的钱全都是王老板出的，好几万呢。你们不愿跟王老板吃饭，也没关系，我能想通。其实，王老板人不错！"一直没说话的麦叶见麦苗一口一个王老板，终于忍不住呛了麦苗一句："是王瘸子！"

虽然厂里订单大幅减少，过年台湾老板给每个员工还是发了五百块钱红包，这笔意外之财几乎将麦叶在县城买的年货全都实报实销了，火车票是厂里统一买的，腊月二十四，也就是临行的前一天晚上，麦叶想对老耿说："过了年，我就不来了。"但又觉得不妥当，不来就不来，告诉他是什么意思呢。麦叶很希望老耿这个晚上能跟自己打一个电话，今年在下浦村这段日子，她觉得很难熬，很难受，也很对不住老耿。后半夜的时候，麦叶几次拿起了手机，翻出"橘黄头盔"，但她还是没敢按键，村巷里的风声很紧，有哨子一样的尖啸声，下浦村的最后一个夜晚很快就要过去了，麦叶在做出最后一个决定后，脸上滚烫，像是着了火一样。她拿出一枚一元的硬币，往床单上扔，如果是正面，她立即就去老耿住的地方辞行；如果是反面，她就再也不给老耿打电话了。

麦叶扔出硬币，像扔出去一颗炸弹，她是在爆炸中死里逃生，还是在爆炸中粉身碎骨，一切听天由命了。

硬币在空中划过一道不规则的弧线，落在带条纹的床单上，麦叶忐忑不安地捡起来，她闭着眼不敢看，憋了五秒钟，睁开眼，傻了：反面。

麦叶将电话扔在床头柜上，人像一口袋被水泡软的面粉，稀松涣散地倒在床上，床上是一堆碎砖烂瓦。

麦叶的火车夜里十二点零八分开，第二天晚上仍有一半是属于下浦村的。晚上付清了水电费、房租，麦叶连电饭锅都收拾好了，准备一同带走，打好包，才晚上八点多一点，她知道这是在下浦村的最后几个小时了。麦叶这一次几乎想都不想地就拨打了老耿的电话，电话很快就通了，她在电话里对老耿说："我晚上十二点零八分的火车，明年我不来了，你马上过来，骑摩托车送我走吧！到洋浦火车站十五分钟就够了！"麦叶没想到有些看起来很难说出口的话，只要有勇气说出来，也就是几个汉语拼音的音节，没什么大不了的。

麦叶说完这一通几乎大半年都不敢说的话，身上像是卸下了一卡车水泥一样轻松。这是麦叶第一次主动打电话让老耿过来，过来送行相当于接头暗号，他们谁都知道电话后面是什么意思。可电话里的老耿却有些沮丧地说："我的摩托车被城管没收了，他们说我跑黑车，还说要罚我款，我正在城管这里接受处理呢。"

麦叶的心一下凉透了，她说："你跟他们说说，你是电子厂上班的工人，不是专门跑黑车的！"

老耿在电话里说："我说了，他们不睬我。摩托我不要了，我马上到你那里去！"

麦叶面对着话筒，像是面对着绝望的深渊："不用了，你处理摩托车的事吧，我自己走，马上就走！"说着掐断了电话，像是掐断了自己的喉咙，麦叶的眼里终于流出了两行伤心的泪水。

麦叶走的那天晚上，下浦村的夜露开始结冰，等到火车开走后，天空好像也冻住了，星星在固定的位置上一动不动，那时候，老耿正从城管所往下浦村一路奔跑，他的摩托车已经被没收了！

15

绿皮火车在冰冷的空气中开了一天两夜，到了大西南一个偏僻的小站，麦叶她们接着坐了一天一夜的长途汽车，又倒了四个小时的农用车，终于回到大山深处的河谷地带，这时天已黑透了，时间已是腊月二十八，还有两天就过年了。

村里一趟车回来的有六个女人，她们在不同的工厂，也有不同的故事。麦穗和麦叶各自回家前，麦穗还对麦叶强调说："我们在厂里打工，下了班接着出去打零工，其他什么都没做，听到了没有？"麦叶在黑暗中点点头。

回到家的麦叶非常兴奋，见到桂生和小慧，像是死而复生，桂生不停地憨笑着，一晚上嘴始终合不拢，小慧吃着麦叶带回来的饼干和糖果，屋内屋外四处乱窜，公公瘫在床上，穿上麦叶买回来的新棉袄，嘴角流出了幸福的口水，他执意要起床陪麦叶吃晚饭，麦叶说不用了，桂生为迎接麦叶杀了一只鸡，蒸了一碗咸肉，麦叶很孝顺地盛了一碗饭又夹了几块鸡肉和咸肉送到床头，麦叶看到公公接过碗，嘴角不停地抽搐着，公公只说了一句话："嫁到我们家，你受苦了！"

一切是那么熟悉，桂生的憨厚中还夹带着粗鲁，小慧简单得就像一个新买的碗，一览无余。空气中有油烟和灶火焦煳的气息，这是麦叶熟悉又倍感亲切的气息。晚上睡觉关上房门，麦叶觉得，这里才是自己的家，这里才是自己踏实的生活。

桂生一晚上非常野蛮，他憋了两年的欲望要在一个晚上兑付，所以人就变得异常贪婪和暴力，他一次又一次地进入麦叶，用手掐麦叶的乳房和耳朵，而麦叶比桂生更加失态，她在和桂生疯狂的交合中，突然抬起手，猛地一巴掌抽在桂生的脸上，这是麦叶用憋了两年的力气扇出去的，桂生鼻子里、嘴里流出了鲜血，而他浑然不觉，鲜血滴落到麦叶的乳房和肚子上，而麦叶像刚刚冬眠苏醒的蛇一样箍紧了桂生的脖子，两人搂抱在一起时而笑，时而哭，身上满是汗水、泪水还有血水。折腾了一夜，只睡了一小会儿，鸡叫的时候，桂生又翻到了麦叶的身上，像是饿了连年的叫花子，又加了一顿餐。

麦叶在风停雨歇后，吊着汗湿了的桂生问："你说，我们是不是畜牲？"桂生回答得非常干脆："我们本来就是畜牲！"

过年的气氛好极了，乡邻亲戚们走东家，串西家，走到哪家吃到哪家，抓起筷子就夹菜，端起杯子就喝酒，乡下虽不富裕，但过年了杀猪宰羊，炖鸡烧鸭，整天吃得满嘴流油是有保证的。小慧以她五岁的智慧对麦叶发出感慨："妈妈，要是天天过年就好了！"麦叶和桂生都笑了。

"乐极生悲"这个词好像就是为桂生准备的。年初三晚上，按顺序轮流，来宝叔请了几个乡邻来家里喝年酒，桂生和刘大山这两个打工家属也被邀来了，一桌八个男人很快喝掉了一箱白酒，等到刘大山和桂生舌头发硬的时候，桌上撬掉的第六瓶白酒已经见底，酒一喝多，话匣子就刹不住了，来宝叔说麦苗带回了八百块钱，女儿有本事了，能挣钱了，喝酒喝得痛快，刘大山搂着来宝叔的肩膀说："叔呀，你喝得痛快，麦苗喝得痛苦呀！这么好的一个黄花闺女，亏了！"没人听出刘大山说的是什么意思，别人甚至连搭腔的兴趣都没有，来宝叔的酒早已过量，他不明就里地说："麦苗过了年才二十岁，有什么亏的，有什么痛苦的！"

刘大山要酒喝就说明已经喝多了，他要跟桂生再炸一杯，已经不胜酒力的桂生不答应，刘大山一摔酒杯，玻璃酒杯在地上碎了，他手指着桂生："你算什么，看不起我，我们家麦穗是没你老婆年轻漂亮，但我老婆在外打工不偷人，不跟野男人上床！"桂生一下子酒醒了，上来一把薅住刘大山的棉袄领子："刘大山，你给我说清楚，我老婆偷谁了，跟哪个野男人上床了？"桂生摔碎了手里的一只碗，刘大山酒喝多了，嘴里胡言乱语："跟哪个野男人，问你老婆不就知道了，我又不是你老婆。"

"你胡说！"桂生冲上来要打刘大山。场面已经失控，没喝多的人纷纷上来拉开两人。桂生还没动手，刘大山已经躺倒在地上。地上满是鸡鸭的骨头，还有酒瓶盖子、香烟头之类的，屋内乌烟瘴气，屋外还有零星的鞭炮在山谷里远远近近地爆响，这响声提示人们，年还在继续。

但麦叶家的年从初三这天晚上起，提前结束了。

桂生跟跟跄跄回到家，小慧在另一间屋里已经睡着了，瘫痪的父亲在厢房里拼命地咳嗽着，喉咙里像是被鱼刺卡住似的。只有麦叶在等桂生，她知道桂生喝了酒后总是要她，所以她铺好了床上的花被子，还换了一条新枕巾，怕桂生出汗太多，她还泡了一杯山茶放在床前的食桌上。

麦叶看桂生满脸通红，眼睛也是血红的，就站在昏黄的灯光下问他："要不要先喝点水？"麦叶端起泡好的茶迎了上来。

桂生不说话，满脸酒气的脑袋逼近麦叶的脸，他喷着酒气一字一顿地对麦叶命令道："跪下！"

麦叶很诧异地望着桂生："你喝多了！"

桂生用食指顶着麦叶的鼻子："老子没喝多，你给我跪下！"

麦叶隐隐觉得事情有点蹊跷，但她还是理不出头绪，就很迷茫地望着桂生："你这是怎么了？"

桂生上来就对着麦叶的腿弯处准确无误地猛跺一脚："跪下！"被踹了一脚的麦叶几乎是不由自主地跪了下去。

桂生显然不满足于麦叶跪下的姿势，于是又冲上来薅住麦叶的头发，对着麦叶的脸，左右开弓扇了二十几个来回，直到他手指发麻了，才停下来。

麦叶嘴里、鼻孔、耳朵全都出血，眼睛也充血了，差不多就是通常所说的七窍流血。麦叶捂着血肉之躯，伤心地大哭，面对这突如其来的暴力，她已经没有力气说话。

桂生坐在床沿上，一只脚踩在麦叶的身上，然后点燃一支烟，将烟雾喷到麦叶血肉模糊的脸上，像是电影中军统特务审讯的画面："从实招来，野男人是谁？姓名？电话号码？什么时候开始偷情的？"

麦叶终于明白桂生拳脚的含义了，但她确信桂生能够掌握和了解的都是似是而非的想象和推理，不可能有什么铁板钉钉的事实，所以，麦叶一口咬定："没有，我只打工，什么也没做！"

桂生见麦叶一副视死如归大义凛然的样子，于是开始用刑，他翻出了捆麦子的麻绳，再洒水打湿，然后用绳子将麦叶捆好吊到了屋梁上，麦叶像一只弯曲的虾被悬挂到屋梁上，她感觉到自己全身的骨头和肉都在加速撕裂，那种千刀万剐的疼痛让麦叶发出了惨绝人寰的惨叫，厢房里瘫痪在床的父亲被正屋里撕心裂肺的叫声惊醒，他下不了床，于是高声地喊着："桂生，你发哪门子疯呀！"桂生走过去，冷冷地告诉父亲："你听错了，是电视剧里审问犯人的声音。"

天亮时分，麦叶终于全部招供了。

男人叫老耿，全名耿田，是大西南这一片的老乡，帮着自己打抱不平，被拘留，挨罚款，他帮自己完全是为老乡而两肋插刀，我们之间没有发生任何事，麦叶声音很困难地维护着老耿的形象，她说老耿就像活雷锋一样，自己几次想替他承担一些罚款，可老耿一分都不要。桂生本来已经冷静了下来，听到麦叶一说细节，上来又是给麦叶几巴掌，刚从屋梁上放下来的麦叶一下子瘫倒在地。桂生吐掉嘴里的烟头，继续薅住麦叶凌乱不堪的头发："他不想要你的钱，是想要你的人！"桂生命令麦叶把手机交出来，他要审查麦叶和老耿的联系信息，麦叶乖乖地掏出手机，翻出了"橘黄头盔"，桂生眼睛里冒着火，嘴里当然也不可能干净："橘黄头盔，你们他妈的还对暗号！"麦叶说当初不知道他名字。当桂生翻到信息中，老耿对麦叶说："吃饭最好放在晚上"，麦叶回信息说："晚上就在我屋里"，桂生一下子跳了起来，这已经不用解释了，他妈的约好了国庆节偷情，还美其名曰吃饭，在屋里吃饭，还是晚上，桂生这次没打麦叶，而是猛扇自己耳光，一口气扇了自己十几个耳光："你这个臭婊子，老子在家，既当爹，又当妈，你在外面给老子戴绿帽子！妈，我好冤呀！"桂生蹲在地上捂着脸哭了起来，他向已死去多年的母亲喊冤。

麦叶觉得自己已经跳进黄河都洗不清了，她拉起桂生，冷静地说："桂生，我没有对不起你，你要是还不相信，我天一亮就到河谷里去跳崖，我不死在家里，好吗?"

桂生突然站起来,抱住麦叶号啕大哭起来:"你可千万不要这么想,小慧才五岁,不能没妈。对不起!是我无能,让你受苦了!"麦叶一句话没说,夫妻俩抱头大哭,太阳在两个年轻人的哭声中升起,阳光铺满了山区里的河谷地带,也铺到了桂生家的屋顶上。

第二天,桂生家里好像什么事都没发生,桂生再也没提过昨晚的事,一切归于风平浪静。桂生和麦叶一起去麦穗家里拜年,年初六桂生还提议带着女儿到县城照了一张全家相。麦叶心里一直很虚,好像自己真的做错了什么似的,她总是反复地对桂生说:"年后反正我也不去了,种几亩地,养一圈猪。房子也能翻盖。"

麦叶本来已经说好了不再出门,可年初七夜里,桂生父亲呼吸突然急促而混乱,好几次气都喘不上来了。桂生和麦叶连夜借拖拉机将父亲送到县医院抢救,医生说老人瘫痪后风湿侵犯心肺导致呼吸障碍,人是抢救过来了,可医疗费花掉了六千多,家里钱花光了,还借了两千多块钱。

桂生对麦叶说:"家里这个样子,实在是走投无路了。一进医院,钱就是纸了。你还得出去打工,家里我来照顾。"

麦叶说:"我说过了,我再也不出去打工了。"

桂生见麦叶手抚摸着颈脖处的伤口，软下口气："算我求你了，好不好!"

麦叶本想说，出门打工我可担当不起偷人养汉的罪名，但桂生自年初三那天晚上酒喝多了发了飙，之后一个字也没提过，也许他已经意识到自己的过激和荒谬了，麦叶要是再提出来无疑是把好了的伤疤又用刀子捅破。所以，麦叶就没说了。

年初十，麦叶还是和麦穗一道出门了。麦穗见麦叶颈部有伤，就问麦叶："你们两口子是不是太疯了，在床上做好事还把颈脖子抓伤。"

麦叶不说话，目光死死地咬住麦穗，麦穗发觉麦叶的目光像刀子，她欲盖弥彰地搓着自己空虚的双手以掩饰内心的摇晃。

16

下浦村的海风依旧，扑面而来的不是风，而是盐霜和湿漉漉的水汽。

麦叶的房子已经退掉了，麦穗要麦叶临时跟她一起住几天，麦叶没答应，她一下车就去村巷里找中介，不到半个小时，就租下了距离老耿出租屋只隔一条巷子的一间平房，是原先一间牛栏改造的，房子大些，还有一个脸盆大的窗子，只是每月房租比原先多了十块钱。麦穗是陪着麦叶一起去找房子的，见租下的房子离老耿很近，麦穗什么话也没说，分手的时候，只是说："你要是愿意的话，今年下了班后，我们在村巷里摆地摊，听说最多一晚上能挣五六十呢。"麦叶脸上一点表情都没有，她只是说："我被桂生打伤了，不想出门。"麦穗惊得脸色煞白，她自言自语了一句："怎么会呢?"

上班的日子按部就班，上班的时间如同死亡的时间，尤其是在生产线上，每天只重复一个动作，插件或连线，下班后，手指和内心一起麻木不仁，装配线上干上几年，不是变成傻子，就是变成疯子，这话是老耿说的，可上班第一天，麦叶却没看到老耿。

大年初一，麦叶收到了好几个生产线上姐妹发来的拜年短信，但老耿没发一个字过来，好几次手机短信提醒声一响，她就迫不及待地打开来看，但老耿好像从地球上消失了，当然，她也不会给老耿发短信的。他们已是两个毫不相干的人了，所以她很快就说服了自己的内心。初三晚上桂生发飙要看手机，麦叶当时很庆幸老耿过年没信息过来，可国庆节相约吃饭的信息没删，而那几条信息比拜年信息更加可怕。

没见着老耿，麦叶也没怎么往心里去，她觉得也许老耿摩托车被没收后，回老家过年去了，可他哪有钱做路费呢，大半年都是过着倒霉的日子。桂生下手太重，麦叶觉得自己有点冤，但老耿比自己更冤。这样一想，她就觉得应该见一下老耿，巷子早已空了，深夜，麦叶终于给老耿拨了电话，电话里的回复是：您拨打的电话已停机。

此后一连三四天，老耿还是没见到。其实，麦穗早已知道了真相，但她没告诉麦叶，麦叶也没去问她，姐妹俩年后在厂里几乎已没有什么来往了。上班后的第五天，麦叶终于忍不住在午饭后休息的半个小时里，跑去找了库房主管，库房主管正眯着眼晒太阳，当麦叶问起老耿时，库房主管连眼睛都懒得睁开，声音很冷漠地告诉麦叶："老耿年前就辞职了，听说到舟山那边的一个岛上打鱼去了。"麦叶问老耿为什么辞职，库房主管睁开眼，盯住麦叶："我哪知道，这个人不是一盏省油的灯，除了你们女人喜欢，你可知道他在这里惹了多少事？"

此后的日子里，麦叶再也没向人打听过老耿，她也想把这个男人从自己的记忆里抹去，可那个行侠仗义、敢作敢当的男人像是病毒一样，时常在她的头脑和梦里出现，而且总是对她说："有什么需要的，直接给我打电话！"可电话已打不通了。

时间是最好的解药，春天来临，枯树发芽，阳光和空气越来越暖和了，麦叶在阳光的温暖下，心情慢慢地平静下来。厂里订单今年似乎更少了，下班提前到了下午四点，四点过后，麦叶去镇上医院当晚班护工，每天为病人端屎端尿到夜里十一点，一晚上的报酬是四十块钱，还免费提供一顿晚饭。每次走过老耿抢救住过的病房时，她好像都能看到老耿头上缠着绷带，张着嘴，等待着麦叶给他喂水，老耿干裂的嘴唇和受伤的表情是那么的可怜。

麦叶跟桂生没有什么联系，桂生不给麦叶打电话，麦叶也不给他打电话，她只是不停地往家里寄钱，每月工资加上打零工的钱分两次寄回家。

三月上旬的时候，两个警察在车间里将麦叶叫了出来，他们神情严肃地对麦叶说："老耿死了，案件与你有关，你必须配合调查！"

老耿在舟山群岛打鱼，那天凌晨上岸送鱼到交易批发市场，他在出市场的街口被一辆急速而过的摩托车撞倒了，还没送到医院，人就死了。

麦叶愣在那里，像是听天书一样茫然，而给她致命一击的消息是，撞死老耿的人是麦叶的丈夫桂生。

后来麦叶是从警方那里了解到事情全部真相的。

麦叶在外打工偷人的消息实际上从年初三那天晚上起，就在村里传开了，经过春节假期的全面发酵，全乡都知道了，这成了春节期间全乡酒桌上的另一道下酒菜。桂生本来不打算深究麦叶，可桂生父亲在听到一个上门探视的远房亲戚说了这事后，当场就晕了过去，老人受不了这有辱门风的事，抢救过来后，从此就不再说话，半个月后，撒手人寰。桂生知道父亲是被麦叶气死的，所以，老人下葬桂生都没通知麦叶回来奔丧，也就是说，直到案发，麦叶都不知道公公已经去世。

桂生曾经打过老耿的电话，停机了。但麦叶交代过老耿的老家是离这里六百多公里外牧牛山里的桃溪村，桂生埋了父亲，日夜兼程赶到老耿老家，弄到了老耿现在的打工地点、电话号码和打鱼的照片，桂生说他是老耿以前的打工同事，分开后一直很想他。老耿老婆见来人这么有情有义就很感动，不但给齐了老耿的各种信息，中午还留桂生吃了顿午饭，饭桌上特地上了一盘咸肉炒鸡蛋。

桂生潜伏到舟山渔场一个星期后，摸清了老耿的相貌和老耿的行踪，为了不留下把柄，他在一个管理不善的住宅小区偷了一辆摩托车，并于一个暗无天日的凌晨将老耿撞死，老耿死的时候，他从渔船上送上岸的鱼基本上都还活着。

在天网工程的笼罩下，桂生很快就在监控的揭发下以故意杀人罪被逮捕了。

麦叶辞职回到了老家，家里已经全空了，只剩下自己和小慧一对孤儿寡母。桂生的案子很快就要宣判，麦叶请了律师，律师说应该是死刑，我们争取判个死缓，毕竟那个老耿也有过错。麦叶却异常固执地告诉律师："老耿没有错!"

麦叶去监狱想见一下桂生，桂生收下了麦叶带来的衣服和鞋袜，但不愿见麦叶。麦叶回到村里，村里没一个人理睬她，他们见到麦叶都绕着走。麦叶知道，在这个村子里，她已经待不下去了。

麦叶从家里找到了捆麦子的绳子，准备上吊，一死了之，简单而实惠。可绳子扣到屋梁上后，小慧抱着麦叶的腿说："妈妈，我怕!"麦叶想自己走了后，女儿怎么办呢，于是她对女儿说："我们在屋梁上用绳子扣上，做一个秋千，好不好?"小慧喜笑颜开说："好!"麦叶搂着女儿，泪水夺眶而出，但她不能哭出声来。

河谷地带的麦子正在拔节，绿色的麦野沿着河谷两岸密不透风地向前铺陈，麦叶挽着小慧的手，走在麦地的空隙里，她们正在离开这座村庄，她们的头顶上是成群结队的燕子在阳光下飞舞，这是燕子的季节。

清明节那天早晨，六百多公里外牧牛山里的桃溪村村口，麦叶牵着小慧的手，问一个牧牛归来的汉子："请问，老耿的坟在哪里？"

清明一个月后，桂生因故意杀人罪被判处死刑，缓期两年执行，麦叶应麦苗邀请，带着小慧到麦苗的网店打工去了。又一年后，麦穗突然辞职，到普陀山出家了，至于是什么原因，谁也不清楚。

遍地槐花

1978年

　　还有三个月就要高考，魏校长下令走读的两个毕业班统统住校："高考就是打仗，再剃光头，我就得找绳子上吊！"赵槐树对魏校长是否上吊丝毫没有上心，他上心的是八毛钱住宿费、四毛钱电费到哪儿弄去。

　　父亲的膝盖在春天来临的季节溃烂，没钱抓药，哑巴母亲挖来的草药，让父亲的两条腿提前报废。他对上学路上偶遇的李槐花说不想读了，李槐花说可以借五毛钱给他，六毛也行，后来魏校长对他说："尖刀突击队队员，全免！"

　　魏校长参加过淮海战役，他固执地认定淮海战役都能拿下来，临塘中学还能拿不下一两个大学生？学校摸排考试，赵槐树数学和历史不及格，但还是入选了冲击高考的十五人"尖刀突击队"。课堂上支气管炎严重发作的裘老师无比绝望地望着讲台下五十多个灌满了糨糊的脑袋："考大学，肯定没戏，混张高中文凭，能当兵就去当兵，能在同学中找一个老婆，也不错！"

临塘中学被一大片麦田包围。在"不学数理化，照样走天下"口号下混了几年，同学们书没读好，青春期却如约而至，十七八岁男生想入非非的第一人选，是长得最好看的李槐花，赵槐树也不例外。好在裴老师在课堂上冷嘲热讽的时候，赵槐树已经不想李槐花了，他在想毕业后是去当兵还是到窑厂搋砖坯。

一个彻夜难眠的夜里，赵槐树将尖锐的指甲使劲地嵌入头皮，直到头皮掐出了血，才将李槐花从脑袋里轰走，他觉得自己和李槐花是癞蛤蟆与天鹅的关系。

可住校的第三天晚上，赵槐树被李槐花的一张小纸条约到了学校操场边的一小片槐树林里。

槐树林比操场小。赵槐树和李槐花像两棵树站在黑暗中，没人说话，黑暗的空气中流动着均匀的槐花香和不均匀的呼吸，赵槐树鼻尖不停地冒汗。一段漫长的沉默过后，赵槐树说学校已经免除了住宿费和电费，不需要借钱了，李槐花向前挪近半步："可你需要一块手表！"

赵槐树看不到手表攥在李槐花的右手还是左手里，但他听到了手表指针转动的声音，它像连接着一颗定时炸弹，一碰就要爆炸，赵槐树声音哆嗦着："真的不需要掌握时间，反正也考不上。"李槐花又往前挪了半步："你是尖刀队的，万一能考上呢？"

赵槐树问李槐花："怎么想起来借手表给我？"

李槐花说："名字正中间都有一个'槐'字，全校就我们两个。"

1978年春天，十八岁的赵槐树还不太理解"缘分"这两个字，但他隐约觉得这是老天的安排。

赵槐树伸出手时，声音和手一起迟疑了起来："手表哪儿来的？"

李槐花还没来得及回答，几束手电筒的灯光突然同时直射过来，惊慌失措中，交接手表的两只手像是被电焊焊死了。

"勾搭上了！"

"抓到现行了！"

操场上，人声鼎沸，灯火明灭，口哨声、尖叫声、嬉笑打闹声乱成一锅粥，被押往教导处的赵槐树在穿过操场时想起了历史书上农民起义的某一个夜晚。

乡村中学的夜晚空虚而无聊，活捉赵槐树李槐花的队伍有一百多人，文理两个毕业班全部的学生，还有魏校长、于主任等全校百分之八十的教职工。听说要去活捉男女生幽会，理科班一个同学高烧39摄氏度，最后还是咬着牙摇摇晃晃地坚持冲到了第一线。

教导处苍白的灯光下，赵槐树的脸和灯光一样苍白；李槐花面不改色心不跳，她的目光盯着墙上的一幅世界地图，她看到了地图上许多地方在打仗，非洲沙漠里呼啸的子弹射穿了临塘中学的这个夜晚。魏校长和教导处于主任的脸色像是被酱油浸泡过的，他们拼命地抽烟，然后你来我往地咳嗽着，魏校长的声音比烟雾更加呛人："伤风败俗，扰乱军心；破坏高考，罄竹难书！"

眼镜框上绑上了胶布的于主任态度要温和许多，可表情像《渡江侦察记》里的敌情报处处长，有些阴险，他往水泥地上吐了一口浓痰，目光停留在李槐花脸上："马路边捡到一分钱，都要交到警察叔叔手里边，你捡到这么贵重的手表，不交到学校，要送给赵槐树，什么意思？"

李槐花跟英勇就义前的刘胡兰很相似，微微扬起头，目不斜视地面对着于主任，如同面对张开的铡刀："没什么意思！就是不想交公。"

魏校长扔掉刚点着的香烟，拿过枪的手拍响了办公桌，桌上的一支粉笔震断成两截："捡的，怎么证明？如果手表是你俩合伙偷的，那是要坐牢的！"

视死如归的李槐花一听这话突然哭了起来："我没偷！"

这时，胆小如鼠的赵槐树却跳了出来："魏校长，我去坐牢，手表是我偷的!"

　　第二天，李槐花父亲，一个浙江的放蜂男人被叫到了学校，他说星期天李槐花确实跟他去县城卖过蜂蜜，卖完了去百货公司给她买了双白球鞋，但没看到女儿在柜台外捡到手表，李槐花也没告诉他。魏校长说你女儿深更半夜约会赵槐树送手表，而且被全校师生当场捉了现行，魏校长还没说完，放蜂男人像是被毒蜂蜇到了眼睛，他捂着脸痛苦地蹲到了地上。

　　学校决定，开除李槐花，没收来路不明的"槐花牌"手表，赵槐树写一份深刻的检讨书，留校继续备战高考。李槐花在三月槐花飘香的黄昏被父亲领走了，赵槐树看着背着一卷铺盖的李槐花消失在残阳如血的乡村土路上，眼泪情不自禁地流了下来。

　　高考结束了，跟1977年一样，临塘中学依旧光头，老师和同学心平气和，魏校长却暴跳如雷，他气得将没收来的"槐花牌"手表当着全体老师的面摔碎了，那一刻，他的脸被窗外漏进来的阳光分割成了不规则的碎片。

　　赵槐树对临塘中学没有丝毫愧疚，他只是觉得对不起李槐花。

1978年秋天，赵槐树去山东窑厂掼砖坯前，他在水库边电灌站泵房的老槐树下找到了李槐花，他说："我要挣钱，给你买'槐花牌'手表！"

李槐花说："掼一块砖坯二厘钱，手表五六十块，你得掼上半辈子。"

赵槐树说："就是掼一辈子，我也要给你买回手表！"

李槐花笑了："好，那我就等你一辈子！"

秋风中落叶漫天飞舞，有一片枯黄的槐树叶落到了李槐花的头上，又飘到赵槐树的脚上。李槐花看着赵槐树脚上开裂的鞋子："脚指头都露出来了，挣了钱先买一双球鞋吧！"

三年后的春天，赵槐树怀揣着一块崭新的"槐花牌"手表回来了。在一个天空飘着微雨的清晨，他去找住在电灌站泵房里的李槐花，看电站的齐大爷告诉他，李槐花和她父亲回浙江老家了，前年冬天走的。

电灌站泵房前槐树上的槐花全开了，雨中的花香湿漉漉的，远处一个湿漉漉的男孩牵着一头牛在田埂上缓慢移动着，赵槐树听到了牛啃草的声音正在漫过田野，耳背的齐大爷见赵槐树发愣，就补充说："那丫头偷手表，听说还跟一个浑小子搞腐化，没脸见人了！"

父亲是去年死的，来回路费太贵，没告诉他，赵槐树到瘸腿父亲坟上磕了三个头，揣着没送出去的手表走了。

没有了李槐花，赵槐树身后的村庄是空的。

赵槐树不再去山东的窑厂掼砖坯，他掉头向南，直奔浙江，他看到李槐花正在浙江的槐树下等他。

1988年

1988年春天，大街小巷里灌满了郭峰《让世界充满爱》《明天会更美好》的歌声，漂泊在温州皮具批发市场打工的赵槐树，过着与爱和明天毫不相干的日子。"槐花牌"手表坏了，指针越走越慢，那天早晨赵槐树赶到皮货市场装货，迟到十六分钟，老板说了一个字："滚！"

晚上躺在潮湿而霉味刺鼻的出租屋里，赵槐树听到窗外磁带店音箱里滚动着齐秦的《外面的世界》，歌声像刀子一样刺中了他，赵槐树泪流满面：

外面的世界很精彩

外面的世界很无奈

当你觉得外面的世界很无奈

我还在这里耐心地等着你

每当夕阳西沉的时候

我总是在这里盼望你

　　被老板开除的第二天，赵槐树到钟表修理店修表，那个戴着放大镜的修表匠迎着亮光摇了摇手表，说："这种杂牌表，地方造的，早停产了，没配件，修不好了！"

　　"槐花牌"手表在赵槐树身边七年，没戴过一次，表装在一个绸布小钱包里，放在枕头边，赵槐树每晚听着手表转动的声音进入梦乡，梦里的李槐花站在枝叶茂盛的槐树下等他，一树槐花弥漫着令人窒息的花香。

　　赵槐树后悔当初没问李槐花家在浙江什么地方，打工七年，去过六个县城，他顽固而自信，总有一天，李槐花会在某一个巷口或某一棵槐树下与他不期而遇。一个炎热的夏天的夜晚，他从背后看到李槐花推着自行车从一个幽暗的巷子里出来，走向光线明亮的马路，白色的确良衬衫，颀长的身材，轻盈的脚步，尤其是头上被灯光照亮的一个湖蓝色发卡，和十年前一模一样，正在给一家开水炉送煤球的赵槐树扔下板车，发疯似的追了上去："槐花，槐花，李槐花！"他有些失控地从身后拽住了她的胳膊，那个酷似李槐花转过身大声吼叫了起来："抓流氓，抓流氓呀！"一个见义勇为的年轻人冲上来一拳狠砸在赵槐树鼻梁上，赵槐树闻到了嘴里清甜的血腥味，两个穿土黄色警服的警察过来问明原委后，对一身煤灰的赵槐树说："人家是县越剧团当家花旦，怎么可能跟你沾亲带故呢！"赵槐树抹了一把血腥的鼻涕，点头哈腰地对着花旦的胳膊道歉："对不起，真的对不起！"此后许多年，他至少遇到过十来个似是而非的李槐花，只是再也不敢大呼小叫了。

1988年春天，赵槐树想明白了，在市里遇到李槐花的机会要比在县里多得多，于是丢了固定饭碗的赵槐树在温州皮具批发市场就地打零工，见一身蛮肉的赵槐树干活不惜力，一位操东北口音的粗壮男人就将赵槐树拉到小酒馆喝酒："给我押车到东北，一路包吃喝，来回半个月，八十块！"八十块够买一块全钢的"上海牌"手表，赵槐树将一茶杯白酒倒进喉咙里，对豪爽的东北男人豪爽表态："没问题，路上遇到打劫的，我拿命去拼！""解放牌"汽车拉着一车温州皮鞋和皮衣上路的时候，雇主塞给赵槐树一把雪亮的刀子。

押车挣了钱，赵槐树歇一段日子，不再出门打零工，他像幽灵一样，反复出没于温州的大街小巷并沉溺于飞蛾扑火的感动而不能自拔。

这一年冬天，温州的空气温暖而潮湿，赵槐树回到江淮老家乡下，家乡干冷的风中飘起了雪花，哑巴母亲在这个下雪的冬天死了，他埋了母亲，一把铁锁锁死了家里的三间土坯房。离开家乡前，他挨家挨户问十年前浙江来放蜂的李槐花父女究竟是浙江哪个县的，村里人都摇头说，放蜂人住在水库边电灌站，跟村里人少有往来，没人知道。极少数听说过李槐花和赵槐树零星往事的村邻暗示他："你都二十八岁了，该成个家了。"

1978年秋天离开家乡的那天晚上，油灯下的赵槐树捆好被褥，犹豫了一下，将一支"新农村"钢笔和一本用了一半的作业簿塞进了行囊，他想写信告诉李槐花远方天空缭绕的窑烟和他掼砖坯的姿势，他想问寄信地址写"临塘水库电灌站"能不能收到，于是踩着月光去了三里路外的水库边电灌站找李槐花。李槐花不在，泵房里槐花父亲坐在铁皮电柜前的小桌边喝酒，见门缝里赵槐树鬼鬼祟祟地探进来半个脑袋，槐花父亲抓着酒瓶跳了起来："你这个野种，你把我家丫头害惨了！"

落荒而逃的赵槐树鼻子酸酸的，回来的路上，他遇到看完电影回来的李槐花和几个女孩，她们叽叽喳喳地议论着电影《瓦尔特保卫萨拉热窝》中的枪声和歌声。见到月光下踽踽独行的赵槐树，李槐花问："舍不得离开家了吧？"赵槐树没说话，他想问"寄临塘水库电灌站的信能收到吗"，话到嘴边，还是忍住了，他看到如水的月光漫过了秋收后空旷的稻田，他和村庄一起沉默着。

第二年春天，赵槐树还是没忍住，他鼓足勇气给李槐花写了一封信，信中的赵槐树挥汗如雨，窑厂的窑火彻夜不息，他掼的砖坯够砌二十间大瓦房了，数钱的手指如同手表转动的指针。可一直到春天槐花凋谢的日子，都没有收到回信。

信在半路上丢失了，也许被李槐花父亲背地里没收了，夏天的时候，胡思乱想的赵槐树坐在冒着黄烟的窑顶，眺望着故乡的水库，水库里的水清澈见底，他好像看到李槐花正在水边洗衣服。

李槐花穿白色的确良衬衫最好看，要是手腕上戴上一块白色表膛的"槐花牌"手表，就应该是传说中的白雪公主了，他想亲自把手表戴到李槐花清白的手腕上，这些本来想写在信里的话，只能留在他的想象里并一直繁衍到第二年春天槐花盛开的日子。

三年后赵槐树才知道，那封信塞进邮筒的时候，李槐花早就回到老家了。

1988年冬天，赵槐树残疾的父母都死了，他离开了了无牵挂的村庄，从此再也没有回来。

赵槐树确实是"野种"，他是残疾父母在县城一个废弃的垃圾池边捡来的，但在居无定所的他乡，没有人会知道他是"野种"。

1988年离开村庄的那个冬天的早晨，他掏出怀里被胸口焐热的"槐花牌"手表，指针指向8点52分，加上慢了的十六分钟，准确时间是9点08分，县城开往温州的唯一一班汽车是上午10点30分。

天又下雪了。

坐在根宝进城买饲料的手扶拖拉机上，雪越下越大，赵槐树赶到县城汽车站，厚厚的积雪已抹平了城乡的界限和出城的道路，车站里一个举着扩音喇叭的中年男人嘴里冒着热气，吼着嗓子叫着："开往温州的汽车走不了了！"

1998年

漫长的雨季来了，空气中能拧出水来，城市的围墙和路边的人行道上长满了青苔，在绍兴街道上扫马路的赵槐树，大部分时间是在清理青苔。聘用的环卫工人每月工资四百块，偏低，但扫马路见到的人多，也许某一天李槐花就会突然站在他面前，妄想成了生活中赵槐树一日三餐的口粮。

李槐花会不会像祥林嫂一样见人就唠叨"我没偷手表"呢，鲁迅家门前的河里，乌篷船依旧穿梭，只是船上没有了从前的影子，看着乌篷船从拱形石桥下蹬过，1998年秋天的赵槐树意识到再好的风景终究会被岁月风蚀。"槐花牌"手表也累了，一个秋风浩荡的夜里终于彻底停摆，指针僵硬地停留在夜里10点07分，差不多是二十年前他们在槐树林被包围活捉的时间。手表停摆的第二天早晨，一夜未眠的赵槐树扫马路扫到一家钟表店门前，他动口不动手地拦住一个背书包上学的小姑娘："你妈妈是不是叫李槐花?"小姑娘摇了摇头，像听外星人说话一样，一个字也听不懂，后来他问站在钟表店门口水龙头下刷牙的一个老头："大爷，你认识一个叫李槐花的吗?"

环卫队长对赵槐树说："你都快四十的人了，不找个女人，就得给你找个精神病院。"

很长一段日子，恍恍惚惚中的赵槐树，一个纠缠不休的念头是，手表坏了，是不是意味着李槐花死了。

直到环卫所新来的杨梨花站在面前，他才缓过神来。

杨梨花看上了赵槐树。一天下班后她几乎是将赵槐树绑架到了火锅店,四川姑娘杨梨花说话的语气比火锅更加麻辣:"那天你到炒货店买瓜子,我一下傻了,你跟我死掉的那个未婚夫太像了,你看你这鼻子,圆圆的,像个大蒜头,就像一个鼻子长到了两个人脸上。"杨梨花未婚夫八年前在舟山群岛的渔船上遭遇台风后下落不明,等了八年,三十岁的杨梨花等来了赵槐树。赵槐树有些犹豫,他问杨梨花:"你说一个人会不会等另一个人一辈子?"杨梨花说:"不会。我也想等他一辈子,可等到最后的不是恋人,而是死人。"

赵槐树不太喜欢杨梨花,杨梨花就像一盆滚开的麻辣火锅,说话做事辣得人睁不开眼睛,可他还是被杨梨花的死心塌地打动了。为了赵槐树,杨梨花辞掉炒货店活计到环卫所扫马路,没人这么干的,所以,赵槐树不忍心拒绝杨梨花隔三岔五拎着啤酒和卤猪蹄、酱鸭到他的出租屋喝酒。一个秋雨缠绵的夜晚,在出租屋喝了一捆啤酒后,杨梨花突然扑上来吊住赵槐树的脖子:"是你住我那儿去,还是我住你这里?拼一块先把房租省下来!"

那一刻,猝不及防的赵槐树全身肌肉抽搐痉挛,他觉得杨梨花两只滚烫的胳膊像两根上吊的绳子。赵槐树使劲掰开杨梨花的胳膊,仓促撤退到墙角点上了一支烟,如同临塘中学被活捉的那个夜晚,他拿烟的手紧张地颤抖，烟雾被抖碎了。

喝醉了酒的杨梨花抓起桌上的空酒瓶指着赵槐树号啕大哭："山猴子，你把我坑苦了，你要是不出海打鱼，儿子小学都念完了，你这个没良心的呀！"山猴子是她下落不明的未婚夫。

赵槐树一听就听懂了。清醒时，他是杨梨花的演员，演山猴子；醉酒后，杨梨花不要演员，她要山猴子。山猴子在她心里，永远都在海上打鱼。

第二天清晨，雨停了，深秋的风中流淌着冰凉的空气，大街上落满了金黄的银杏树叶，当沿街的店面陆续打开卷闸门开张营业的时候，赵槐树已经离开绍兴一个多小时了，他乘坐的长途汽车开出了大约八十多公里。

赵槐树永远在路上，李槐花就会永远站在下一个路口等他，永远有多远，肯定比一辈子远，赵槐树在指针停摆的第二天戴上手表，此后再也没摘下来过，长途车上他抬起手腕，车窗外秋日的阳光照亮了僵硬的指针，他和李槐花被永远定格在了10点07分。

赵槐树离开时给杨梨花和环卫队长分别留下一封信，传达室门卫交给他们后，杨梨花信没看完就哭了，队长看了信后却直摇头："这个赵槐树，脑子坏了。"杨梨花抹着眼泪反击队长："他脑子没坏！"

环卫队长最先发觉赵槐树脑子坏了，是看到他整天戴着一块不走的手表，队长说："海上过来的卡西欧就一二十块，不值钱，把那破表扔了，我送你一块！"赵槐树戴表的手腕针扎般地暴跳了一下，另一只手本能地捂住手表，说了个"不"字。

"槐花牌"手表是属于李槐花的，他想在见到李槐花的时候告诉她，这只停摆的"槐花牌"手表是他在山东窑厂掼砖坯掼来的。

借读临塘中学的李槐花在蜂蜜的滋养下，皮肤如槐花细白，口袋里从不缺三五毛零花钱，炎热的夏天，看着头戴湖蓝色发卡的李槐花咬着一根奶油冰棍走进教室，班上极个别同学情不自禁地流出了口水。张德财私下里对几个心怀鬼胎的同学说："我要是能娶上李槐花做老婆，当叛徒、当狗特务我都干！"几个心怀鬼胎的同学都忍不住笑了起来，娶李槐花做老婆就像他们能考上大学一样荒谬。李槐花和赵槐树深夜约会相当于历史书上美国珍珠港被偷袭炸毁，全校上下瞠目结舌。开除李槐花后，张德财和几个嘴上冒出绒毛的愣小子在操场上堵住赵槐树："是李槐花约了你，还是你约的李槐花？"赵槐树说："是我约的李槐花。"同学们都情不自禁地笑了："梦没醒吧，你能约到李槐花？"可要是李槐花约赵槐树，那就更不可理喻，"活见鬼了！"他们苦思冥想了整整一个夏天，约会和手表事件仍然是一道无解的方程式。

长途汽车下午三点半到站，走出人群如蚂蚁般密集的车站，背着一卷行李的赵槐树抬头看到汽车站顶端三个红色大字：湖州站。

赵槐树平时喜欢在街头买一些盗版的琼瑶和席慕蓉，1998年槐花落尽的日子里，赵槐树的目光转向了都市娱乐报，成群结队的明星们在报纸上出轨偷情，反复离婚结婚如同毒瘾发作，一位给女友写血书发誓的明星，一转身又钻进了另一个更年轻女明星的裙下。赵槐树跟杨梨花撬开酒瓶喝酒时，他已经对"等你一辈子"有些拿不准了，签合同还能反悔呢。困惑不已的赵槐树是被杨梨花的醉酒的双手推上长途汽车的，他在留下的信中告诉杨梨花，山猴子没死，李槐花就不会死。

半辈子过去，一辈子只剩下一半了，把剩下的日子熬光了，什么念想就都了结了。

在一张晚报小广告的指引下，赵槐树背着一卷行李走进一条幽暗阴森的巷子，在一处腐朽而陈旧的木质楼梯边，缺牙的房东告诉他："你要是租东边那一间，每月便宜十块钱。上个月屋里吊死过一个姑娘。"

赵槐树看到晦暗而驳杂的墙壁上晃动着姑娘的影子，那姑娘很漂亮，她像是在等另外一个人。有自行车响着铃声从门外经过，铃声远去后，巷子里寂静而空虚。

2008年

5月12日下午14点28分04秒，赵槐树手腕上"槐花牌"手表上的时间是10点07分，那时候，整个宁波都在午睡，没有人知道三千里外的汶川百万间房屋瞬间垮塌，废墟下是几十万人恐惧的尖叫和哭声；那时候，赵槐树躺在竹床上正在看一本过期的时尚杂志，杂志上动人的爱情和切齿的背叛层出不穷。

后来，报纸上一个汶川男人骑着自行车背着死去的妻子返乡的照片，击穿了已经有些麻木的赵槐树，星期天，宁波天一广场为地震灾区捐款的人群疯狂地挤向捐款箱，好像不是来捐款的，而是来领取奖金的。汗流满面的赵槐树本来打算捐五十，挤到写有"大爱无疆"捐款箱前，他从口袋里又掏出了五十块钱，塞钱进捐款箱的右手刚抽出来，一副锃亮的手铐连同他左手一起铐上了。

赵槐树是在为灾区捐款的时候被警察带走的。

赵槐树在北仑港外一座略显破败的院子里看仓库，三千块一个月的高薪让他理解了什么叫"时来运转"，直到关进看守所，他才知道自己竟然成了走私分子，那个文质彬彬、戴着金边眼镜的雇主是走私头目，他看管的仓库里堆满了海上偷运来的手机、电脑、手表、化妆品，还有外国人穿过的西装、裤子、皮鞋，那些外来服装和皮鞋的主人有相当一部分已经与世长辞了。

2008年赵槐树的脸被盐霜浓重的海风浸泡成海带的颜色，粗糙的双手像停摆的指针一样生硬，他手中的钥匙比手铐更加牢固，没有金边眼镜的最高指示，仓库锁死的门绝不打开。他对审讯的警察说："要是知道这是走私，刀架在我脖子上也不干。"警察不理睬他，声音像刀："老实交代，你分了多少赃款？"

看守所是一座坏人超市，抢劫、杀人、强奸、偷盗、诈骗、寻衅滋事、走私贩毒的，什么人都有。晚上，坏人们集中在饭堂里看一个小时电视，赵槐树和一帮坏人在塑料小板凳上坐定，大屏幕电视上开始播放《真情告白》专题节目，节目嘉宾刚刚走进屏幕上的演播厅，一个老警察对小警察吼道："换台！"看守所有规定，坏人只许看《新闻联播》和《焦点访谈》。

赵槐树看到参加《真情告白》的两个嘉宾似乎有些面熟，镜头还没推到特写，频道切换到了"江淮平原夏粮喜获丰收"，那里是他的家乡，许多农民在麦田里收割麦子，他们的脸上喜气洋洋。

赵槐树没看到的《真情告白》里的男女嘉宾是风烛残年的魏校长和人到中年的李槐花。

赵槐树没看到电视专题里，那个牙齿洁白，比年轻时的李槐花还要好看的电视女主持人介绍了这档《真情告白》的来由：八十八岁高龄的临塘中学魏校长已离休回到了河北老家，他逼着警察儿子通过网上全国人口信息系统找到了浙江的李槐花，有生之年他要在电视上当面向李槐花道歉，十倍赔偿被他摔碎的"槐花牌"手表。

拿过枪的魏校长颤巍巍的双手现在攥着六百块钱都有些吃力，他走到风韵犹存、脸色平静的李槐花面前，向她鞠了一躬："对不起，姑娘，三十年前，我对你的处罚太过分了！"

李槐花没接钱，她站起身扶住站立不稳的魏校长，笑眯眯地说："魏校长，事情过去就过去了，我也没放在心上。"

李槐花没放在心上，擅长察言观色的女主持人却放到了心上，她抽丝剥茧地要剥出三十年前的真相："三十年前的一块手表，就像如今的一辆保时捷，在乡村中学私自约会男生送手表，是个令人震惊的事件。当时你们是不是在谈恋爱？"

坐在演播厅松软沙发上的李槐花平心静气地答道："没有。"

"那你为什么送他手表？"

"不是送，是借给他。"

魏校长插话说："举报你的那个姓张的同学说，有一次在校门口你悄悄地塞给赵槐树一个烤红薯，说动作比小偷还快！当时学校是明令不允许谈对象的，可如今，小学生都塞纸条了，人之常情。你那么小，我不该开除你，真的对不起，希望你能原谅！"

李槐花对着摄像机说："魏校长您就是不开除我，我也考不上大学。赵槐树父母残疾，很可怜，我想他要是能考上大学，他家就有救了，这才把捡到的手表借给他掌握复习时间。他经常不吃早饭上学，那天早上在校门口他说肚子饿得抽筋了，我把书包里一个烤红薯给了他，没想到被张德财看到了。"

节目的最后，女主持人问李槐花："如果你遇到了三十年前的赵槐树，你有什么话想要对他说？"

李槐花说："我对赵槐树同学说'等你一辈子'，意思是等你一辈子来还我手表，要是被他误解了，耽误他婚姻大事，那我就真的对不起他了，不过都过去三十年了，他应该早就结婚生子了，没人那么傻的。我女儿到电子厂上班都快两年了。"

走私团伙全都被判刑了，赵槐树没有，看守所关了一个多月，放出来了，不过他看仓库赚到的两万六千块钱的工资，作为非法所得，全部没收。警方办案中对赵槐树的"槐花牌"手表极度怀疑，一个停摆的手表，整天戴在手腕上，很不正常："是不是里面装了无线电遥控装置，我们要没收，要检测！"赵槐树差点跪下来，他哭丧着脸："要不你们就把我枪毙了，手表跟了我三十年，我要手表。"赵槐树甚至要用自己这么多年打工赚到的一万八千块的积蓄换回手表，警方更加怀疑了，最后将手表送到省里刑侦机构检测，确认没有无线电装置，才还给他。办案警察直摇头，看守所狱警对那个摇头的刑警说："关了一个多月，脑子出问题了！"

走出看守所那天，2008年第26号台风将整个城市撕扯得面目全非，仓库和院子都空了，在台风和暴雨的反复扫荡下，仓库围墙和生锈的铁门一起倒塌，满地的碎砖残瓦如同劫后余生留下的弹片，在大门口被雨水灌透了的耳房里，赵槐树收拾好几件潮湿发霉的衣服，准备离开这座不堪回首的城市。

他不知道往哪里去，看了一下腕上手表，指针指着10点07分。而这个时候，海关钟声敲响早晨八点，钟声里，他听到海上的另一股台风正快马加鞭地席卷而来。

2018年

破旧巷子的墙上刷满了气势汹汹的"拆"字，2018年春寒料峭的日子，巷子像一个残疾人空荡荡的袖管，终日流淌着川流不息的西北风，赵槐树坐在巷口的风里卖烤红薯，身边汽油桶改装的炉子里大口大口地吐着枯黄的煤烟，他裹着一身黄烟看着巷子后面豪华奢侈的"海棠公馆"，郭总该过来买烤红薯了。

郭总拎着咖啡色公文包从海棠公馆走进即将拆迁的巷子，头发一丝不乱，西装和衬衫永远那么条理清晰，而赵槐树套一件破旧棉袄，脚上一双肮脏的保暖鞋，花白的头发，布满皱纹的额头，如果没有身边的炉子，赵槐树十足一个流浪汉，他手里捧着的一个印有"临塘中学1978"字样的搪瓷缸告诉郭总，他差不多快六十岁了。郭总最初喜欢吃烤红薯，后来喜欢上了赵槐树手腕上那块不转的"槐花牌"手表。

郭总在杭州滨江开了一家电子器材公司，他有一个爱好，收藏旧手表，除了国外名表，尤其喜欢收藏已经倒闭了的国内手表厂生产的旧表，他说1970到1990年，最多的时候全国有三百多家手表厂，如今百分之九十九以上都已消失，郭总要买赵槐树的手表时说得非常坦率："我收藏旧手表是为了收藏那段消逝了的历史，而不是为了投资。"

郭总第一次开价五百块钱。

第二次开价一千。

第三次开价一万。

"现在已经不流行戴手表了，何况还是转不了修不好的坏表。这样好不好？我用一块新的瑞士欧米伽机械表跟你换这块坏表。"

赵槐树第一次对"槐花牌"手表做了一个解释："'槐花表'是我的历史。"

郭总问是什么历史，赵槐树不再解释："郭总，这个烤红薯送给你吃，不要钱!"

精明的郭总没把赵槐树当作一个脑子坏了的人，他从烤红薯的炉子里面嗅出了不同寻常的气息："你是一个有故事的人!"

赵槐树愣了一下，然后从刚出炉的烤红薯里又抓了一个塞给郭总："送给你的，不要钱!"

郭总接过红薯："我已经看出来了，你卖烤红薯根本不是为了挣钱，也不想挣钱，而且你脸上丝毫没有做生意的欲望和斗志。你像一个特务，可特务不可能把'临塘中学1978'的搪瓷缸放在光天化日之下。"他临走的时候又重复一句："你是一个有故事的人!"

赵槐树有一种被戳穿了的紧张和恐慌，他不愿被人看穿，他想把自己的故事像藏私房钱一样密封在自己的记忆里。李槐花如今在哪儿，能不能见到李槐花，他已不再计较，也无力计较。这一年除夕夜，鞭炮爆响声中，感冒发高烧的赵槐树的脑袋如同一颗炸裂的鞭炮，他嘴唇干裂，喉咙冒烟，想喝水，手伸向床边的凳子，抓到手里的搪瓷缸从半空中滑落到地上，他想爬起来，身子却如同装满水泥的卡车，纹丝不动。躺在空洞而冰冷的出租屋里，望着黑黢黢的屋顶，他觉得自己真的老了，一种绝望的忧伤一直持续到天亮，天亮后已是第二年了。年初六，烧退了，他从床上挣扎着爬起来，戴上手表，推着炉子又出摊了，他呆呆地注视着眼前灰烬般出没的行人，那种湖蓝色的发卡，大街上已经好几年没见到了，大街上女人的头发全都黄了绿了紫了。

风越来越暖和了，西湖边的垂柳吐出了青涩的嫩芽，一场潇潇春雨，第二天整个城市都绿了。这天傍晚，郭总站在烤红薯炉子前说要给赵槐树找老伴："丽水乡下来的，跟你一样，有些怪。两个怪人凑在一起是最合适的。"

他说那寡妇打工一个月才三千，上个月给医院患白血病的小孩一次捐了四千，这个世界上第一个跟钱有仇的人，就是我们食堂这个寡妇了。

赵槐树说自己没钱、没车、没房，不能害人家。

热心的郭总动之以情晓之以理，少年夫妻老来伴，年纪大了头疼脑热总得有个倒茶递水的："撮合好了，你到我们食堂上班，吃住厂里全包，省得整天在巷口喝西北风。"

大病初愈的赵槐树终于有些撑不住了，血气方刚斗不过岁月这一把杀猪刀，他自言自语地说了一句郭总听不懂的话："四十年了，大街上就是见到，也认不出来了。"

他终于答应郭总从中撮合。昨天房东叫他退房，说出租屋下个月就要拆了，烤红薯也没地方卖了，城市三不管的地带越来越难找了。

三天后，郭总有些沮丧地告诉赵槐树，寡妇不同意跟你拼一起，说守寡都十多年了，不想找男人了。赵槐树说谢谢郭总关心，不要为难人家，我也不想找女人，四十年都过来了。文质彬彬的郭总接过赵槐树塞过来的不要钱的烤红薯："我再去找她谈，要是连跟你见面都不愿意，我就把她开除了。"

很长一段日子，郭总没再出现在烤红薯摊前，赵槐树把撮合他和寡妇的事都忘了。

三月下旬的一个晚霞绚烂的黄昏，郭总像一条鱼浮出了水面，他站在炉子前神情有些夸张地说："搞定了！

我说你们两个怪人在一起就能过上不怪的日子，她问我你怪在哪里，我说你整天戴一只不走的手表，她问什么牌子的，我说'槐花牌'的。"

赵槐树问："寡妇答应了？哪一天见面？"

郭总说："她说等槐花开了，就见面，问你愿意不愿意。"

赵槐树问："寡妇叫什么名字？"

郭总说："她倒是跟我说过的，我忘了。"

赵槐树的目光从巷口移动到远处马路上，他看到马路两边的连片成排的槐树枝杈间已经绽出了鹅黄的苞蕊，要不了几天，槐花就要开了。

月光粉碎 ☾

1

警察敲门的时候，已是黄昏，警察的后背和大盖帽顶上落满了绛红色的夕阳。

"实在不好意思，还要等一会儿！"电视台在姚成田家的采访还没结束，戴黑框眼镜的记者劝说警察保持耐心，而那个年龄偏大的老警察早已失去耐心，他吐掉了嘴里的烟头，声音却冒着烟："太阳马上就落山了！"

门关上了。两个警察被堵在门外继续抽烟，门外一棵风烛残年的老槐树在夕阳下漏洞百出。

摄像机的灯光很刺眼，反复转动的镜头将三间门窗腐朽且弥漫着霉味的老屋扫了个底朝天，戴眼镜的记者将话筒伸到姚成田的鼻子前："最后一个问题，顾老头的女儿扔下你跑了，你为什么每天还要陪他喝酒呢？"姚成田鼻子很痛苦地抽搐了一下："他说他不喝酒就活不了！"

后来，暮霭就淹没了村庄。

警察几乎是撞门进来的，那个鼻尖冒汗的老警察口气尖锐地对电视台眼镜记者说："你们这是妨碍公务，懂吗！"

眼镜记者激烈反弹："采访'庐阳好人'是市委定的，我们也是公务！"

"都怪我，给你们添麻烦了！"姚成田从口袋里摸出一包劣质香烟，抱歉地给警察递烟，那个小警察推开姚成田伸过来的胳膊："添麻烦倒没什么，你要是给我们添一桩案子，今天的采访就太滑稽了！"

"庐阳好人"候选人姚成田因涉嫌一起凶杀案被警方传唤。

留守少妇刘秋兰死在一个月光如水的夜晚，快一个月了，案子还没破，惊魂未定的村民们从噩梦中醒来，窗外依旧一片漆黑，他们睡在无边的黑暗里，心里怦怦乱跳。案发现场没有打斗迹象，门窗也没有撬动的痕迹，看家狗"大黄"当天夜里只叫过一两声，相当于狗在跟熟人打招呼。警方断定：熟人作案。

郊区警方先后传唤并留置的六个嫌疑人包括那个在村里收购鸭毛、牙膏皮、空酒瓶的王麻子，他们像是约好了似的，死活不认账，王麻子只承认收破烂路过建筑工地工棚，花二十块钱嫖过一次暗娼。市局刑侦支队出马后，姚成田才被瞄上，郊区分局局长说《庐阳日报》刚刚报道过姚成田为顾老头养老送终的事迹，不可能涉案，市局刑侦专家公事公办地教训分局局长："你这话像一个家族族长说的，而不像一个公安局局长说的。既然案发当晚姚成田给被害人打过一个电话，就必须传唤！"

端午节一过，乡下的蚊子和苍蝇都活了，姚成田是在苍蝇和蚊子的前呼后拥下被推进审讯室的，可直到后半夜，他和警察之间依旧僵持不下："开春我去温州找老婆，刘秋兰借我一百二十块钱路费。我打电话还钱，可电话没打通！"那个年龄偏大的老警察拍响了桌子："电话没打通，所以你就去了她家。"姚成田在强光下眯着眼很困难地为自己辩护："刘秋兰又没逼我还钱，去她家干吗，改天见着给她就行了。"那个年龄偏大的老警察这次没发脾气，他用嘲讽的口气挖苦姚成田："跟我绕圈子？你要是能把我绕进去，我这二十年警察就白干了！"他吐出一口破碎的烟雾："你白天不还钱，非得要晚上十点二十六分打电话还钱，这时候乡下连鸡鸭都睡了，就你没睡。你知道刘秋兰单身一人在家，她家的狗是你开春送过去的，连'大黄'的名字都没改，跟你比哥们还熟。如果没记错的话，好像你老婆跑了一年多了，对吧？"

墙上电子钟的时针已越过凌晨四点。

屋外的月光早已没落，屋内的灯光像刀子一样在剥着姚成田的皮，疲劳、饥饿、恐惧，轮番袭来，他有点绷不住了，脑子里一团糨糊，糨糊里还掺进了许多地沟油和老鼠药，姚成田干旱的喉咙里像有一层密密麻麻的黑蚂蚁张牙舞爪地爬行着，空虚的胃里痉挛不止。

那个老警察对身边做记录的小警察说："天快亮了，存心不想让我们睡觉了！"小警察给老警察递过一小瓶风油精："擦点，提提神，陪着一起慢慢熬吧！"

第二天下午五点差两分，头发凌乱、脸色苍白的姚成田哆嗦着痉挛的胳膊、抖动着粉身碎骨的声音招了："我交代，刘秋兰是我害死的！"

老警察第一时间给姚成田卡上手铐："男子汉大丈夫，敢作敢当，这才像个'庐阳好人'！"

做笔录的小警察拿起笔，节奏急促地敲击着桌面："说吧，4月28日晚的作案经过！"

姚成田还没来得及说，审讯室里的电话响了起来，铃声紧急而疯狂，响得人心惊肉跳。小警察接了电话后，脸色煞白，他跟情绪烦躁的老警察耳语了几句，老警察攥紧拳头砸了砸晕头转向的脑袋，吼了句："活见鬼了!"

一案两凶。

姚成田是第二天下午六点二十分放出来的,郊区分局局长拍着姚成田软弱无力的肩膀安慰道:"我们绝不会放过一个坏人,但也绝不会冤枉一个好人!"

姚成田没说话,他仰着脖子看了一眼头顶上的天空,天空铺满了血红的晚霞,不远处的麦田上漫过来一阵风,风把天吹暗了,一只弱不禁风的虫子撞到了姚成田的脸上。

2

酒鬼顾老头死后,姚成田卷起铺盖住到了打工的窑厂里。窑厂老板赵堡跑路前给孤身一人的姚成田打电话,叫他守住三孔土窑和四间瓦房,瓦房里有一个大彩电,一个不制冷的空调,还有一张破了皮的真皮沙发,赵堡说:"要是讨不到砖瓦款,就将窑厂的这些家当卖了,抵你工钱。"

今年老天吃错了药似的,才过了端午,空气像泼了汽油一样烧着了,一早阳光凶猛,姚成田是在回老屋拿夏天套头衫的半路上卷入一场意外冲突的。

车闸失灵的破自行车在经过吴启春家门口时，被屋里扔出来的一口铁锅砸中了自行车后座，车头一歪，撞到了门前的一个废弃的石碾上，姚成田趔趄着跳下车，只听到屋内摔锅砸碗的声音以及叫骂声、哭声，比屋外的阳光更加凶猛。

这是凶杀案告破后的第三天。村里留守的一些老人和妇女捧着早饭碗，在吴启春门前的歪脖子柳树下小声说着话，姚成田问怎么回事，他们捧着空碗说："刘秋兰被害死了，总得让娘家人出出气。"

三天前，两组办案刑警在凶手判定上争执不休，都认为自己拿下的才是真凶，争到下午的时候，送到省里去比对的DNA结果终于出来了，凶手是刘秋兰同村的吴启春，案发现场的烟头、枕头上的头发、床单上的精斑是吴启春留下的，物证与口供严丝合缝。

姚成田挤进光线阴暗、气氛恐怖的屋里，刘秋兰娘家纠集来的一拖拉机愤怒的亲戚和来路不明的打手正在吴启春家里肆意地冲砸摔掼，吴启春老婆胡文娟坐在四分五裂的米缸边上哭得一脸的眼泪鼻涕，屋里遍地碎碗、烂锅、破罐子，一个老式落地电风扇已被拦腰踩断，一口摔不碎的铝制钢精锅被踩瘪成大饼状，灯泡也碎了，地上还散布着前一天吃剩下的腌咸菜和土豆丝，一些胆大妄为的蚂蚁和苍蝇正冒着生命危险在满地的狼藉中大吃大喝。

一个嘴有些歪的男人恶狠狠地踹了胡文娟一脚："你他妈还有脸哭，找根绳子去上吊吧！"而一个脸上有刀疤的男人却不声不响地抱起床头的21寸彩电正要往地上摔，胡文娟冲上去一把抱住男人的腿："求求你，家里被你们砸光了！"姚成田冲上去以胸脯抵住男人抱着的电视机："一人犯事一人当，胡文娟又没犯案，你们还让不让人家活？"嘴有些歪的男人从后面揪住个子矮小的姚成田的头发，轻轻向下一拽，膝盖往后腰一顶，姚成田一个后仰，跌坐在地上，几个比胡文娟更加无辜的蚂蚁死在了姚成田屁股下面，姚成田跌倒的同时，电视机在地上碎了。

姚成田爬起来掏出口袋里按键不太灵光的国产手机，安慰着浑身发抖的胡文娟："别怕，我来报警！"

胡文娟抹着眼泪，死死攥着姚成田失控的胳膊："不要报，吴启春把刘秋兰害死了。我认命！"

突然那个脸上有刀疤的男人目光停留在姚成田脸上不动了，紧接着神情扭曲着亢奋起来："大前天我看见你被警察抓进去了，你他妈的不是小偷，就是抢劫的，到这来冒充好人了！"

围观的村里的老老少少一脸的麻木和无动于衷。

在乱糟糟的打砸声中，被暗算了的姚成田捂着疼痛的腰悄悄地溜出门外。回老屋的一路上风声鹤唳。

姚成田回家拿了套头衫后，枯坐在霉味深重的老屋里抽了半包烟，然后搬起屋里最值钱的18寸"凯歌"电视机，绑到自行车后座上，直奔胡文娟家。

打砸抢的一车人已走了，胡文娟脸上的泪痕还没风干，她望着姚成田像遭遇海难的人在绝望中望到海上漂过来的一根救命稻草："没人帮我，就你帮我说了几句公道话！"说着又伤心地哭了起来。

胡文娟不要电视机，姚成田将电视机垛在开裂的柜子上："窑厂有彩电，这机子放在家里也没用。"

姚成田说完就出门骑上车迎着热得有些过分的阳光，直奔两公里外的赵堡窑厂，倚着门框的胡文娟看到阳光下姚成田和地上的影子一同狂奔。

3

麦子熟了。庐阳河两岸是铺天盖地的金黄，太阳升到头顶，无风的麦野上麦穗噼噼啪啪爆响开裂，阳光下姚成田闻到了面粉的味道。

姚成田参加"庐阳好人"表彰大会和吴启春凶杀案一审判决是在同一天。

市政府大礼堂热闹得像举办集体婚礼，姚成田手捧镀金的"庐阳好人"奖杯，市长又多此一举地给他披上烫了金字的绶带，姚成田面对着长枪短炮的狂轰滥炸，做梦一样恍惚，他唯一记住的是市长的手像棉花一样柔软。

在另一个氛围和表情同样冷酷的空间里，市中院法官击锤宣判："吴启春犯故意杀人罪，判处死刑，剥夺政治权利终身！"法庭里一片喧哗，吴启春撩起铐紧的双手声嘶力竭地大叫："冤枉！"

姚成田捧着镀金的"庐阳好人"奖杯回到庐东镇已是下午，镇党委钱书记率镇政府一干人马在门口迎接姚成田凯旋，鼓掌、献花、握手，气氛相当热烈，姚成田觉得镇书记的手跟市长的手差异很大，握起来粗糙而生硬，像握着一块砖坯。

庐东镇地处城乡接合部，治安混乱，镇里每年案件上百起，镇政府灰头土脸的，出一个"庐阳好人"，是给镇里脸上贴金，还相当于给镇里"平反"。

镇政府特地开了庆功座谈会，镇上开商店、办作坊、卖农资的小老板们全都来了，钱书记过于激动，讲话时脸涨得通红，像是喝进去了半斤多白酒："顾老头死的时候拉着姚成田的手说他是活菩萨，而我要说，姚成田是活雷锋！"

参加会议的镇上的小老板们都随声附和，纷纷表态要向姚成田学习，而姚成田对奖杯、绶带、鲜花和掌声比较麻木，本以为"庐阳好人"多少能奖励点现金，可一分没有，镇上庐峰酒楼老板表示要奖励姚成田二百块钱，而且当场就掏了出来，姚成田只是象征性地谦虚了一下，便很麻利地接过钱，迅速塞进了口袋里；开商店的老邵答应会后奖励姚成田两袋洗衣粉、三块肥皂，还有五把牙刷；卖农资的秦光辉要奖励姚成田一袋化肥，或者一桶"呋喃丹"农药，姚成田说年前忙着找顾小琴，田已撂荒，化肥农药就不要了。

　　晚上庆功宴在镇上的庐峰酒楼开席。钱书记手捧酒杯挨桌敬酒，来到姚成田面前时，他端起的却是一杯茉莉花茶水，钱书记一脸迷茫："报纸上不是说你每天陪顾老头喝酒嘛！"姚成田说："老丈人说喝酒祛风湿。没办法！我不喜欢喝酒。"曹镇长给姚成田倒了一杯酒："今天大喜，不喜欢也得喝两杯，凑个热闹！"姚成田僵立在钱书记、曹镇长中间，像一截木头桩："头昏。我真的不能喝！"场面有点尴尬，其他几桌的参会小老板都劝姚成田："书记、镇长为你摆庆功宴，今天就是老鼠药，你也得喝一杯！"姚成田还是不喝，喝多了的镇政府高秘书一把打掉了姚成田手里的茶水杯子，脸红脖子粗："姚成田，给你点颜料你就开染坊了，钱书记、曹镇长敬酒都敢不喝，镇政府要是不给你报材料，你就是庐阳坏人。你比杀人犯吴启春好不到哪儿去！"他将一杯白酒顶到姚成田嘴边，逼他喝下去，姚成田脸上源源不断地冒出冷汗，喉咙里不停地作呕，可就是呕吐不出来，他抹着额头上的汗，表情先是抽搐继而是痉挛。钱书记给自己下了一个台阶："姚成田今天够累的了，天也太热！"

庆功宴散伙后，拿了二百块意外奖金的姚成田到镇上加油站买了一百块钱柴油，他打算给胡文娟家手扶拖拉机灌满油，帮着收麦子。

乡村颠簸的土路上，姚成田自行车后座上驮着一桶柴油，车龙头上挂着奖杯、洗衣粉、肥皂和五把牙刷，叮里咣啷地往窑厂赶。漆黑的夜色中伸手不见五指，麦野上一片寂静，姚成田听到了黑暗中麦子成熟的声音。

4

一场雷暴雨足以毁掉乡下人的一个季节。抢收麦子下手要快，出手要狠，三五天必须颗粒归仓。

也就三天，庐阳河两岸大片的麦田被割了个精光，一望无际裸露的麦茬渲染着收割后田野的空旷与虚无。第三天傍晚，被汗水湿透了的胡文娟割完自家的最后一把麦子后，一屁股跌坐在麦田的垄沟里，人晕了过去，她的身体与黄昏的天空平行，被阳光烫伤的脸色像麦穗一样枯黄，帮她收麦子的姚成田跑过来将塑料壶里的凉开水倒进胡文娟的嘴里，接着就用力掐胡文娟的人中。

醒过来的胡文娟哇哇大哭："吴启春，你把我害苦了！"

麦收结束后，村里有人看到姚成田在胡文娟家田头运秧苗和抛秧，但也没人在意，更不会往男女关系方面去想。姚成田除了政府给他一个"庐阳好人"的荣誉外，穷得叮当响，他是孤儿，也是弃儿，光棍养父死了后，三十多岁花钱买了个头脑不太好用的顾小琴，还搭了个患风湿好喝酒的顾老头，不到八个月，老婆没把被窝焐热，就被浙江的一个卖渔网的小贩子拐跑了。这个出身卑微、个头矮小的三等残废，就像是被扔在路边的一个空酒瓶，没人在意过，他帮胡文娟干活顶多是显摆一下"庐阳好人"的招牌，相当于自己给自己脸上搽了点粉。

胡文娟家秧田"了秧"那天，已是晚上八点多钟，天黑透了，水田里的青蛙和蛤蟆在新鲜的水田里咕咕地叫闹着。姚成田到胡文娟家推自行车准备回窑厂，胡文娟拦住他："要么你就收工钱，要么你就在这吃晚饭，这几天晚上老是有人敲门，我怕！"姚成田说："柴油钱我收，工钱不收；麦子行情不好，吴启春上诉还要花钱请律师。"一提起吴启春，胡文娟情绪就很抗拒："我不请律师，一命抵一命，他自作自受！"

姚成田临走的时候跟胡文娟一再强调，要上诉，争取不要枪毙吴启春。

王麻子是在第二天黄昏时分到窑厂的，那时候姚成田正在土窑边上清理水沟，一缕残阳照亮了姚成田半边黝黑的脸。

王麻子手里拎着一瓶"庐阳大曲"还有半袋花生米，说要请姚成田喝酒，姚成田说不喝。王麻子情绪败坏地用酒瓶敲击着窑厂办公桌："你今天这个怪相，不是缺酒量，而是缺女人。我告诉你，胡文娟你不要动！吴启春还没枪毙，打人家活寡妇的主意，你算什么好人，坏蛋一个！"

胡文娟到镇上的油坊榨油，顺路到窑厂给姚成田送来了一袋面粉和两条已经死了的鲫鱼，胡文娟见屋里很乱，就帮着清扫屋里的废纸盒、香烟头、蜘蛛网、破草帘："半夜里敲我门的不是鬼，是王麻子，你说我怎么办？"姚成田眼睛望着门外空旷的天空，杂乱无章的烟雾笼罩着他无动于衷的脸："报警。"胡文娟扔下手中的扫帚："我想把他杀了，跟吴启春一起坐牢，一起枪毙！"

姚成田被女人极端的情绪刺痛了，于是，故作勇敢地放出豪言："我去找王麻子，他要再敢半夜敲门，我捅了他！"

他不知道以什么理由去找王麻子，纠结了好几天，终于编了几句条理不清、逻辑混乱的短信发给了王麻子："胡文娟良家妇女，妇女儿童不容侵犯，你要是再敢夜里敲门，大牢里见。"短信没落款，王麻子也没回。

5

刘秋兰被害两个多月来，姚成田从来不敢面对月光，还有酒，没人知道他的夜晚实际上已经被月光和酒绑架了。

在等待王麻子短信的那个晚上，月亮升起来了，姚成田被大好月光击穿了，浑身筛糠一样抖成一团，他僵硬着手关上门，又迅速拉灭电灯，然后坐在黑暗中抽烟，风吹日晒的廉价木门有好几处裂缝，月光从缝隙里漏进来，姚成田手指一阵抽筋，香烟滑落到了地上，他听到了身体里有类似于骨头断裂的咔咔声，恐惧中他哆嗦着手又拉亮了电灯。昏黄的灯光将月光逼到了门外，可心里还是一气乱跳。

4月28日是个春暖花开的日子，姚成田骑着那辆铃铛生锈的自行车到市区耀武印刷厂讨要砖瓦款，坐过八年牢的厂长黄耀武叫他将一桶色拉油、两袋米还有一条腌制的咸狗腿送到茂林小区，不然一分钱别想要。姚成田二话没说蹬着自行车将粮油和狗肉送到十里外的茂林小区六楼606室，一个身穿庸俗睡衣的年轻女人开了门，一脸崩溃地对着姚成田号啕大哭："狗娘养的，肚子搞大了，躲着我，想溜，没门！"

一头雾水的姚成田仓皇逃回耀武印刷厂，脸色蜡黄的黄耀武扔下手中的电话，眼中暴跳着坐过牢的凶光："你真是个二百五，叫你送点东西过去，还把咪咪惹生气了！"姚成田想着自己是来讨要砖瓦款的，只得忍气吞声，他给黄耀武递上一支廉价香烟的同时随手递上一张欠条："黄老板，总共是三千四！"黄耀武一甩手将香烟和欠条全都扫落到地上："我他妈的欠赵堡的钱，你算他的哪门子孝子贤孙，有多远给我滚多远！"姚成田鼻子酸酸的，眼泪在眼眶中打转："借来给老头看病还有买棺材的钱到期了，都没还，我也是没办法。"

姚成田推着铃铛生锈的自行车盲目地走在挤满了虚假广告的大街上，满脑子里跳动着那个叫咪咪的女人狰狞的头发和黄老板又黄又黑的牙齿，在电信大楼的一处阴影下，他突然感到腿脚酸软，胃里咕咕怪叫着，这时他才意识到自己还没吃午饭，抬起头，太阳已经西沉，电信大楼的钟声响了起来，僵硬的时针指向傍晚五点。这时，一个穿着白底蓝格学生装的女孩突然抵在了他的面前："大哥，能不能借给我二十块钱?"姚成田很怀疑地看着女孩，没说话，女孩说自己马上就要大学毕业了，跑了一整天，工作没找着，下公交时钱还被偷了，没钱买票回家了。这是一个常见的很老套的江湖故事，姚成田没有被打动，他神情麻木地说："我中饭还没吃呢!"女孩见姚成田霜打的一样萎靡，很失落地转身就走，姚成田架起自行车，喊道："站住!"女孩转过头，姚成田从口袋里掏出几张零碎的票子，自己抽出一张，剩下的全塞到女孩手里："给你十七，我要留两块钱买碗面条!"女孩有些懵，她接过钱没有道谢，只是说让他留一个电话或给一个地址："我会把钱还你的。"姚成田知道不会还，就顺水推舟说："不用还了!"

　　浑浑噩噩的姚成田在长江路一个偏僻的巷子里吃了一碗面条，喝光了碗里的面汤，肚里充实了许多，想抽烟，烟盒和口袋都空了。天色昏暗，小店里亮了灯，正起身回窑厂，口袋里电话响了。

　　黄耀武打来的，他叫姚成田立即到"淮上酒家"喝酒，说要先付一些砖瓦款。

"淮上酒家"一个装饰考究的小包厢里，黄耀武一个人喝闷酒，姚成田一进来黄耀武就将三百块钱大钞拍在桌上一堆鸡鸭骨头边，然后倒满一碗"庐阳大曲"推到姚成田面前，姚成田有点恍惚，理不清头绪。喝得面红耳赤的黄耀武将姚成田按到椅子上："妈的，咪咪骂我不讲情义，你看我给你这三百大钞，可是真的？我请你喝的酒，可是真酒？"姚成田不知道怎么回答，一激动将一茶杯白酒直接倒进了喉咙里。黄耀武又给姚成田倒满一碗白酒，硬着舌头问："你给我说老实话，咪咪是不是婊子！"姚成田拼命摇着头："我不知道！"黄耀武又喝了一碗酒后突然大哭起来，眼泪鼻涕一大把："她跟我要二十万分手费，我到哪儿弄去，咪咪这个臭婊子，良心被狗吃掉了！你说，她是不是臭婊子？"姚成田看白天那么凶狠的黄耀武此刻像一块豆腐，三碗白酒下去后，头晕脑涨的姚成田嘴里流着哈喇子附和着黄耀武："咪咪是臭婊子！顾小琴也是臭婊子！"

　　回窑厂的半路上自行车胎漏气，瘪了，气筒在老屋里。回到潮湿而发霉的老屋，喝多了酒的姚成田口干唇裂，想喝水，水缸是空的，灶台上还剩大半瓶高粱酒，姚成田抓起来猛灌两口，更渴了。姚成田出门的时候手里还抓着酒瓶，忘了拿打气筒，自行车也扔在了门外。那天晚上，姚成田跟黄耀武史无前例地喝了五碗白酒，人被酒精点着了，脑子里火光冲天，跟跟跄跄地走在乡间的田埂上，姚成田看到了村子里摇晃的月光起雾冒烟了，他喝了一口白酒，定了定神，月光像是被泼翻了的面粉四处弥漫，一地粉碎。

姚成田后来怎么也想不明白，自己为什么要站在粉碎的月光下给刘秋兰打电话，嘶哑的声音里酒气冲天："欠债还钱，杀人偿命，我有钱了，一百二十块，一分不少，现在就还！"电话通了，但没人应答。

姚成田手里抓着酒瓶，踩着一路粉碎的月光，他也不知道怎么就站到了刘秋兰家院门前。见大门紧闭，姚成田就用酒瓶拼命地砸门，而油漆严重脱落的木门纹丝不动。姚成田对着木门亢奋地吼叫着："刘秋兰，还你钱！"院子里的"大黄"听出了姚成田的声音，象征性地叫了两声，沉默了。

狗叫声停止的时候，姚成田站在粉碎的月光下，恍惚中看到刘秋兰家墙头上有一大口袋面粉重重地摔到了墙外地上，姚成田揉了揉眼睛想看清楚些，面粉口袋突然站起来，穿过粉碎的月光直奔屋后的树林。姚成田大脑一个激灵，似乎有些知觉了，这袋面粉是一个小偷，不是来偷粮食的，就是来偷刘秋兰的。

这时已经是夜里十一点多钟了，整个村庄都睡着了。

6

夏天来了，水稻在阳光和水的沐浴下茁壮成长，姚成田出门打工的想法也跟稻田里的水稻一样日渐成熟：到浙江打工去！

一连好几天，月亮按时升起，在河流与田埂相互穿插的稻田上空，面粉一样粉碎的月光漫天泼洒，天空雾气缭绕，紧接着是白布迎风鼓舞，灰雾和白布铺满月夜时，村庄和田野就像阴魂不散的墓地，没有一点声音，连蛙声和蝉鸣声也噎死在粉末中。出门打工，他对外说是找顾小琴，内心里是为了逃离4月28日夜里的月光，也许浙江那里的月光跟庐阳的月光不一样。

而路费一直没凑齐。

夜幕降临，姚成田坐在窑厂开裂的办公桌前，反锁屋门，将月光全部锁在门外，然后打开抽屉翻赵堡留给他的一百多张欠条，翻了好几遍，选美一样地选中了庐西富财包装厂厂长冯德富。

富财包装厂蜷缩在庐西镇一条电线私拉乱扯的巷子里，姚成田推着自行车进去，没看到富，也没见到财，只是鼻子里灌满了一股酱油的味道，隔壁造假酱油的作坊生意红火。厂子已倒闭的冯德富翕动着患了感冒的鼻子："钱一分没有，"他指着身边戴着眼镜的冯彬，"我儿子正在帮我打官司，要是能追回欠款，我一定还。三角债比三角恋还要害人！"姚成田说："给个二三百也行。"冯德富不停地搓着空荡荡的双手："兄弟，你要是遇上官司，我儿子帮你打。律师费八折，七折也行！"说着就将儿子冯彬推到了姚成田面前，冯彬法学硕士刚毕业，有律师证。

姚成田没要到钱，却给胡文娟带回了一个律师。

跟胡文娟签好了委托书，姚成田在村口砂石路上送走冯彬，正要回窑厂，王麻子蹬着三轮车从一条小路上飞快地斜插过来："姚成田，你给我站住！"王麻子将三轮车车斗抵住姚成田的自行车前轮胎："短信是不是你发的？"姚成田点点头，王麻子狠狠地踹了一脚自行车轮胎："你是胡文娟什么人？威胁我，恐吓我，我他妈的不是吓大的。早就看出了你是一个踹寡妇门的坏人！"姚成田觉得自己为胡文娟出头的理由确实不够充分，就好言相劝王麻子："胡文娟家里刚遭了难，本来就吓得掉魂了，你还半夜里去敲人家门，让人家的日子怎么过？"王麻子一脸不在乎："胡文娟掉魂了，我去陪她，给她送魂去，有什么不好的。你老婆跑了，可毕竟有老婆，我没老婆，我敲她门正常，你敲她门就是流氓。"

一个没有月光的晚上，姚成田接到了胡文娟打来的一个电话，她说好几个晚上了，半夜敲门声果然没有了："你是不是把王麻子捅了？可千万不能再弄出人命来，吃不起官司！"

一个礼拜后的早晨，冯彬打电话叫姚成田一起去看守所，姚成田说不能去，上午有人上门来讨债，债主威胁说要放火把窑厂几间瓦房烧掉。

其实，姚成田就算去了看守所也见不到吴启春，但他还是不想去庐阳市区。凌乱而破败的窑厂办公室里，姚成田关着门坐在白天的黑暗中抽烟，他闻到了屋里蜂窝煤炉的煤烟味还有隐隐约约的血腥味，姚成田将打火机按着，看着一缕生动跳跃的火苗，久久不愿松手。有那么一个瞬间，他真想放把火将这几间屋子连同他自己一起烧成灰烬。姚成田之所以五六岁就愿意跟着养父姚箩筐学喝酒，是因为酒喝下去后，眼前闪耀着红光，喉咙里跳跃着火焰，脑子不做主，许多忧愁和烦恼都飞到天上去了，而如今天上上不去，地上也站不稳。

姚成田在没有光线的屋里不停地胡思乱想，这个极其无聊的上午他没能等来上门讨债的，却等来了一个上门还债的。中午时分，敲门声惊心动魄，姚成田打开门，他被一股强烈的阳光刺得睁不开眼，还没看清站在面前的是谁，一个跟刘秋兰差不多嘹亮的女声惊叫了起来："果然是你！"

来人是4月28日傍晚跟姚成田借钱的女孩，女孩大惊小怪地看着姚成田："起初看报纸上的照片有点像，后来看到电视新闻报道后，我跟我爸说，那个叫姚成田的'庐阳好人'肯定是你，不然不会借钱给我的。"

借钱的女孩叫罗琳，马坝镇的，她从一个塑料小包里掏出十七块钱："我要是不来还钱，你就会把我当成骗子。"

姚成田将罗琳让坐到沙发上："我说过的，钱不用还。"

罗琳穿了一件水红色连衣裙，她把钱压到茶几上的烟灰缸下面，然后将一根新鲜的黄瓜塞到姚成田手里："自家种的，没打农药。"

罗琳莫名地兴奋着，说东道西，问这问那，而姚成田没心思跟罗琳探讨人生价值以及世上究竟好人多还是坏人多这些大而无当的话题，更何况他勉强混了个初中毕业，也没水平探讨，他只是顺便问她工作找到了没有，罗琳说还了钱，见了"庐阳好人"，明天就去广西北海投奔一个同学，加盟美国"纳米海藻"营销团队，"全球最流行的金字塔式销售，做得好，一个月能挣好几千。你守着窑厂一分钱工钱都没有，不如跟我一起去北海吧！"

姚成田说马上要去浙江打工："老婆跑了，到浙江去找老婆。"罗琳说："老婆跑了，就是不想要你了，你找她干吗？"

这样的对话显然无法进行下去。

姚成田骑着自行车将罗琳送到镇上的汽车站，汽车发动后，姚成田将十七块钱扔到车窗里的罗琳怀里："我说话算数，不要你还的。"

罗琳显然被"庐阳好人"再次打动，她对着车窗外的姚成田大声喊道："找不到老婆就去找我，我在广西等你！"

7

不到一星期，冯彬上诉状写好了，他去征求胡文娟意见，胡文娟叫他找姚成田。冯彬见到姚成田很激动："证据链的漏洞太多，多亏你仗义。真不愧是'庐阳好人'！"姚成田并没有激动，他面色平静地听着年轻的冯彬在烟雾呛人的咳嗽声中叙述案件的真相。

郊区中学的学生以农民、工人、商贩、社会闲杂人员的子女为主，教学质量差，学生不是到游戏厅打游戏，就是到街面上去打架。刘秋兰在郊区中学成为明星，除了长得漂亮，主要是歌唱得好，五四青年节一曲《征服》先是震得全场鸦雀无声继而是掌声雷动，从此获得了"小那英"的称号，全校男生苍蝇一样围着她，上学路上有人给她塞纸条和卤鸡蛋，食堂打饭有人给她拿饭盒，有人给她占座位，值日的时候还有人帮她擦黑板，胆小的吴启春只能远远地望着，心里莫名地自卑。酝酿了整整一个夏天，十六岁的吴启春终于鼓起勇气悄悄地塞给刘秋兰一张那英的VCD专辑《征服》，不愿被征服的刘秋兰看了一眼，往吴启春怀里一扔："盗版碟，两块五一盘，癞蛤蟆想吃天鹅肉，你好意思拿出手！"不好意思的吴启春脸上一阵阵发烧，父亲肝癌晚期，这两块五毛钱"巨款"还是每次给父亲抓药时零零碎碎抠下来的。

郊区中学的明星梦是虚幻的。刘秋兰没风光一年半载，初中毕业了，她和吴启春、姚成田、郭新河等一大帮乡下来混日子的孩子都没考上高中。自我感觉良好的刘秋兰不愿出门打工，在家里待了几年后，手艺没一个，歌声也荒废了，二十一岁那年由父亲做主嫁给了私下开鞭炮作坊的郭老贵家的儿子郭新河，郭家在乡下是有钱的户，结婚时家里给他们盖了四间大瓦房、两间厢房，还有一个比监狱围墙还要高的大院子。刘秋兰在郭家过着大小姐和阔太太的生活，可三年没到，好日子到

150

头了，郭老贵鞭炮作坊炸死了两个装药师傅，家里赔了个精光，郭老贵坐牢，郭新河去了苏州的工厂打工。刘秋兰成了穷人的时候，吴启春发达了，吴启春靠在市区倒卖地沟油买了手扶拖拉机，买了彩电、冰箱、电风扇，还成了村里第一个用煤气罐的农户。

吴启春经常在夜深人静时给刘秋兰打固定电话，虚情假意的问寒问暖感动了孤独而空虚的刘秋兰，刘秋兰家电话欠费，隔三岔五就停机，刘秋兰叫吴启春帮她家交三十块钱电话费，吴启春以挥金如土的口气说："我给你买一个手机，电话费我全包。"吴启春跟刘秋兰是在送"爱立信"的那天晚上上床的，他对律师冯彬说："我不爱她，但我绝不会害她，毕竟在床上滚过三四年。"冯彬在看守所铁窗的阴影下问吴启春："刘秋兰是不是逼过婚？"吴启春说去年他们偷偷去北京看奥运村、鸟巢和水立方的时候，刘秋兰在旅馆的床上逼着吴启春跟她一起私奔，吴启春没干，他说刘秋兰没生育，但自己家有孩子，跑不起。那天晚上，遭到拒绝的刘秋兰要从宾馆楼上跳下去，吴启春死死拉住了她，最后她将一只刚买的北京烤鸭扔到楼下，事情才平息。

4月28日那天晚上八点多钟，吴启春将最后一大桶地沟油送到市里的"听风酒楼"，刘秋兰电话来了。吴启春从市里匆匆骑着摩托车赶到刘秋兰家时快十点了，两人做完了常规动作后，吴启春点燃了一支烟，刘秋兰斜躺在吴启春浸透着烟味和地沟油味的胸脯上问他知不知道今天是什么日子，吴启春说不知道，刘秋兰对着吴启春肩头狠狠地咬了一口，说是他们相好四周年纪念日，吴启春说我连自己的生日都记不住，哪能记得四年前的日子，刘秋兰又在吴启春的胸口揪了一把："你们男人都是吃里扒外的骗子，家里骗老婆，外面骗相好的。"吴启春有一种被戳穿了的痛苦，于是反唇相讥："都是俗人，没那么多的纯情。当年你是怎么腌臜我的，你说我是癞蛤蟆，这天鹅肉我不就吃上了，不是想来的，是天鹅自己送过来的。"刘秋兰一脚将吴启春踹下床："你给我滚。不离婚，再也不许你踏进这个门。小人！"吴启春被激怒了，想起十六岁心灵所受的伤害与尊严被践踏的痛苦，他爬起来，扑到床上，将刘秋兰按倒，双手死死掐住她的脖子："我是小人，我是穷人，你是贱人，知道吗？"刘秋兰的呼吸变得越来越困难，她像一只坐以待毙的小鸡，绝望地从喉咙里吐出断断续续的几个字："有种，你就掐死我！"听了这话，吴启春失控的手发抖了，毕竟这个女人这几年心思全都放在自己身上，他松开双手，像一辆报废的旧自行车，神情涣散地抚摸着刘秋兰受伤的脖子："对不起，我承认，我确实是一个小人！"

敲门声就是在这个时候响起来的，与其说是敲门，不如说是砸门，声音激烈而疯狂。刘秋兰和吴启春都吓傻了。院子的大门已经被堵上了，冷静下来的刘秋兰叫吴启春翻墙头出去。墙头太高，慌乱中的吴启春翻过去，重重地摔到了地上，像是一大口袋面粉从墙里被扔出来。

冯彬从一个绿皮文件袋中抽出一沓写满了疑惑的纸张，对姚成田说："案件疑点最起码有以下几处。"

吴启春最初的口供说刘秋兰是被他掐死的，但法医尸检证明刘秋兰脖子虽有勒痕，但不是窒息死亡，刘秋兰是脑后受外力击打致死的，也就是被砸死的，吴启春直到最后才招供是用砖头砸的，为什么前后口供不一？吴启春说他是实在挺不住了才招的。

虽说DNA证实现场的生物检材都是吴启春留下的，但这并不能证明他就是凶手，致刘秋兰死亡的砖头在现场找到了，而上面并没有留下吴启春的指纹和其他痕迹，吴启春招供是用报纸包住砖头砸死刘秋兰，这显然不合情理，也不合逻辑，现场烟头、头发、精斑那么多铁板钉钉的痕迹都没掩藏，怎么最后突然想到了用报纸包砖头？吴启春是被逼得生不如死的时候胡乱说的。那么包砖头的报纸在哪儿呢？如此关键的证据居然缺少固定物证，起诉书根据嫌疑人的口供加上主观推断，就草率定案，当然要上诉。

吴启春和刘秋兰当晚是有争吵，也遭遇了逼婚，但也就是口头争执，情绪冲突，还没到你死我活的地步。就算吴启春不计后果地要置刘秋兰于死地，完全可以直接掐死她，何必又多此一举改用砖头砸，先掐后砸，自找麻烦，无法解释。所以，我的推断是，这个案发现场后来一定有个第三人出现，凶手极有可能就是那个第三人。

一审死刑判决书认定，人证、物证、口供环环相扣，现场没有发现第三人的痕迹，所以刘秋兰死亡就是吴启春一人所为，先掐后砸是矛盾升级，翻墙离开是吴启春情急之下的狗急跳墙。

姚成田在冯彬漫长的叙述过程中不停地抽着烟，好几次他站起身在破沙发和办公桌之间来回踱着步子，像是配合冯彬在思考，又像是按捺不住激动的情绪。

冯彬问姚成田对这个案子有什么意见，姚成田又拔出一根香烟，点着火，说：“我不懂法律，只要吴启春不枪毙就行！”

年轻气盛的冯彬说：“我要的结果不是枪毙不枪毙，而是吴启春无罪。”

姚成田问：“有几成算数？”

冯彬说："难度很大，但我不会放弃。"

姚成田将抽了几口的大半截香烟吐到地上："冯律师，要是难度大，太麻烦，是不是就不要上诉了？"

冯彬很奇怪地看着姚成田："律师干的就是麻烦事。是你要我来做代理律师的，钱也是你出的，你把这人命关天的案子当儿戏！"

姚成田理屈词穷地应付了一句："钱不是我出的，是赵堡的砖瓦款。"

外面起风了，随后电闪雷鸣，天空被雷电炸碎了，黑暗提前笼罩了庐阳城乡，那天晚上，没有月光。而姚成田却清晰地记得，这一天是阴历十五，应该是满月当空的日子。

8

窑厂已死，三孔土窑和四间瓦房是窑厂留下的遗产，更像是墓碑。

要不到砖瓦款，姚成田只好卖窑厂的电视机、空调和沙发，尽快凑足路费走人。可挨家挨户问了好几个村子，没人要。他很不情愿地找到了收破烂的王麻子，王麻子见了姚成田不谈收旧家电，劈头就骂姚成田："你这个不安好心的王八蛋，挑拨我跟胡文娟的关系，我给她一千块钱买衣服，她凭什么不要？"

姚成田想卖旧家电，就压低嗓子跟王麻子解释："我马上都要去浙江了，也许就死在那边了，我犯得着跟你过不去吗？"姚成田讨好地给王麻子递去一根烟，王麻子接了烟，情绪松弛了许多，他把腿跷到茶几上，黑牙咬着香烟："彩电八十，空调五十，沙发嘛，没地方回收，我自己留着，给十二块钱。"姚成田觉得王麻子分明是在讹诈，是在欺负自己，他气得脸色发青："大彩电五千多买的，还有空调、真皮沙发，一万多块钱的东西，你就给一百来块钱。心太黑了！"王麻子用肮脏的皮鞋底踢开了茶几上的一个塑料杯子，站起身："空调不制冷，沙发皮破了，彩电现在都流行液晶平板的了，你这棺材一样的电视机谁要？要不是看你没路费可怜，一百来块钱我都不出。再加你五块钱，卖不卖？"姚成田说："不卖！"

三天后，姚成田跟镇政府看大门的老焦成交了，彩电五百，空调二百，沙发八十，光棍老焦最近要跟一个寡妇结婚，二手男女配二手家电，恰到好处。姚成田将彩电、空调、沙发送到镇政府大门口，遇到了正准备出门的庐东镇党委钱书记，钱书记了解了情况后，以非常焦急而武断的语气说："你不能走，你是我们镇的金字招牌，我们不能把一个'庐阳好人'逼得背井离乡。生活上有什么困难，你直接跟我说!"

最终钱书记拍板，由镇政府担保，协调镇上的农村合作银行，贷款五万给姚成田，窑厂恢复生产。

贷款下来后，钱书记握着姚成田生硬的手概括总结说："你不仅要做一个道德模范，还要努力做一个经营模范。"

姚成田没说话，连客套的感谢话都没说，拿到五万块钱贷款跟吴启春拿到死刑判决书的感觉是一样的，他想离开庐阳，庐阳却像一座监狱，将他密不透风地囚禁在里面。他脑子里短暂地冒出过一个念头，带着五万块钱，像赵堡一样消失，像风一样无影无踪。可他觉得，要是那样的话，有点对不起钱书记，钱书记对自己太好了："庐阳好人"就是钱书记做主叫他当的，尽管他不想当，但钱书记的好心他用鼻子都能闻出来。

五万块钱如同五万枚炮弹，一出手，天崩地裂，所向披靡。有了钱的姚成田感觉很奇妙，一个招呼，当初散伙的窑工们都来了，掼砖坯的、装窑的、烧窑的、注水的、收柴草的，三十多农民工，一天之内，全部到位。姚成田免费给每人先发一包烟、一条毛巾，并说好工钱按月结算。而窑工们到窑厂一见到姚成田就忍不住笑，他们一时无法理解姚成田居然当上了窑厂老板，当初姚成田跟他们一起掼砖坯时，没人看得起他，只是觉得他很可怜，除了一身死肉，卖苦力，没半点手艺。姚成田问老周笑什么，老周说："笑老母鸡变成鸭！"

姚成田靠着现成的炉灶、原班的人马，不到一个月，三孔土窑冒烟了。

吴启春案的二审法院没有在证据上过多纠缠，故意杀人的性质不变，但吴启春没有事先预谋和策划，属于激情杀人，主观恶性程度不高，故改判为死刑缓期二年执行，死缓大多是不会枪毙的。冯德富到处炫耀儿子冯彬救活了吴启春，只有胡文娟知道吴启春的一条命是姚成田救下来的，胡文娟拿到判决书后酣畅淋漓地大哭了一场，然后主动要求到窑厂来烧饭，说是用打工的钱还律师费，姚成田说你来烧饭可以，但用工钱抵律师费不行，最后双方各让一步，胡文娟到岗。

吴启春改判后，姚成田不知是窑厂开张太忙，还是神经过于兴奋，他有一个多月没看到月光，所以也就没有了被月光粉碎的恐惧与战栗，他似乎觉得4月28日晚上的一切已经在窑火中被烧成了灰烬，并随着窑烟在天空里化为乌有，他甚至都有点想喝酒了，然而这种忘乎所以的念头没有一支烟工夫就熄灭了。一个空气沉闷的黄昏，姚成田正在指挥一辆农用车装砖瓦，郭新河跑过来指着姚成田劈头就嚷开了："律师是不是你花钱请的？"姚成田理直气壮地回答："是赵堡花的钱。"接着他本着息事宁人的想法对郭新河说："你来窑厂上班吧！"郭新河踢开脚边的一块碎瓦片："做梦！你帮着杀人犯说话，你也是杀人犯！"

碎瓦片飞到了姚成田的膝盖上，疼痛像锥子一样刺进骨缝里，他向后一个趔趄，看到十五的月亮提前从窑烟的后面升起来了，那种铺天盖地的粉碎，扑面而来，膝盖往上，胸闷心抖，喘气断断续续："你听我跟你解释好不好？"郭新河愤怒地丢下"不听"二字，拂袖而去。

姚成田本想对他解释，吴启春不一定是真正的凶手，4月28日那天晚上的现场应该有第三人，因为刘秋兰遇害后院子的大门是开着的，他亲眼看到吴启春是翻墙逃走的。但他要是说自己看到的，那第三人就是他姚成田，自己反而说不清了。

第一炉砖瓦出窑的那天中午，胡文娟在镇上割了八斤肥肉，肥肉烧冬瓜，姚成田很满意，说："吃好了，出窑有力气！"

屋内的肉香和屋外窑烟的草木香混合在中午的空气中，很吊人胃口，姚成田在食堂帮着胡文娟往一个木桶里盛饭，胡文娟在一大锅肥肉中找到了一块瘦肉，她用筷子夹起来："瘦肉太少，就这一块大一点。来，你吃吧！"

在锅灶一旁装饭的姚成田被突如其来的筷子和肉吓住了："我不吃，给窑工吃！"

胡文娟固执地将筷子伸到姚成田嘴边："你看你眼睛通红的，熬夜看窑火，太辛苦，快吃了！"

罗琳就是在这个时候进来的，她看到胡文娟夹着瘦肉的筷子正停留在距离姚成田嘴巴不到一厘米的地方。

见有人进来，姚成田和胡文娟都惊住了，胡文娟夹肉的筷子悬在半空进退两难。

倒是罗琳很轻松地对姚成田喊叫着："姚哥，老婆找到了？"

姚成田和胡文娟两人异常尴尬，面面相觑，第一句话不知怎么开口。

平静下来后，一切才变得清晰明朗。

胡文娟是窑厂烧饭的，不是姚成田老婆，罗琳说她被同学骗到广西搞传销，八百多块钱扔进水里了，逃回来后被父亲骂了个狗血喷头，在报上看到了"庐阳好人"姚成田把窑厂盘活了，没打招呼就直奔过来了。罗琳说话不会拐弯，她直截了当地说："你没去投奔我，我就来投奔你了！"

姚成田面露难色，他说自己这儿是个窑厂，都是农民工，大学生养不起，乡下蚊子又多，罗琳说："我本来就是乡下的，没那么娇惯，工钱你能给多少就给多少。"

胡文娟见这个女孩这么不顾一切，就有些迷惑了："姑娘，你到这来究竟图个什么？"

罗琳风轻云淡地说了一句："这有什么想不通的，图他是'庐阳好人'呀！"

开饭了，食堂里锅碗瓢盆喧哗一片，工友们围绕着一大桶米饭和一大锅肥肉烧冬瓜吃得争先恐后热情高涨，罗琳看到少数人额头上的汗水滴落到了饭碗里。

窑烟正在慢慢地熄灭，烟越来越少，门外的天空越来越大。

9

赵堡逃跑的导火线是砖瓦卖不掉，2008年席卷全球的金融风暴也是从美国的砖瓦卖不动开始的，以姚成田的水平和见识当然理解不了什么叫美国次贷危机，也不太明白什么叫中国的城镇化和房地产，可他接手窑厂后，却明白了什么叫"风水轮流转，明年到我家"。秋风起的时候，每天到窑厂来拉砖瓦的拖拉机、农用车堵满了窑前狭窄的砂石路，全是拎着成堆成捆的现钞来提货的，镇上的远大仪表公司为了提到砖瓦还私下里塞了一条红塔山香烟给姚成田，第一场秋风吹来的不是枯黄的落叶，而是哗哗作响的票子，他没想到挣钱原来这么容易。

郊外一望无际的稻田收割干净的时候，姚成田五万块钱贷款还清了，顾老头看病和买棺材的五千六百块钱欠债也还完了。胡文娟主管食堂，罗琳当会计，老杨当窑工的头，老周当坯料的头，小蒋负责四乡八村收购柴草，砖瓦价格涨了百分之二十，窑工薪水涨了百分之三十，平均八百多块，最多的拿到了一千块，老杨说薪水都快跟副镇长差不多了，小蒋说扯淡，副镇长喝酒抽烟都不花钱，账不能这么算。

姚成田还完贷款的那天，刚好有两孔窑的砖瓦已经烧熟。为了庆祝姚成田无债一身轻和第二天出窑，姚成田让胡文娟在镇上买了三只鸡、十斤肉、五斤鱼，晚上给窑工加餐。下午，在厨房帮着杀鸡宰鱼的罗琳给镇上的顺天烟酒商店打电话，叫店里送四箱"庐阳大曲"到窑厂。胡文娟见罗琳自作主张买酒，她手攥着放了血的鸡脖子，语气平淡地提醒罗琳："花钱的事，你最好事先跟成田说一下！"没心没肺的罗琳抹着一手鸡毛，轻描淡写地说："姚哥那么忙，用不着征求意见的。"胡文娟说："成田不喝酒的。"罗琳站起身："他不喝，工友要喝的呀，听老周说姚哥酒量跟武松一样，八碗不过冈。胡姐，你看，我这件衣服怎么样？"思维乱跳的罗琳让胡文娟评价她新买的鹅黄色的秋装。

窑厂食堂原先是一间仓库改造的。太阳落山后，几张开裂的方桌上堆满了酒肉，姚成田看到桌上垛着的"庐阳大曲"，不经意地皱了一下眉头，胡文娟看出了这一微妙而短暂的表情，她在围裙上擦着油腻的手，轻声问："小罗替你当家了？"罗琳端着一盆鱼过来听到了，就呛了胡文娟一句："不是我替姚哥当家了，是我替他买酒了。这么隆重的聚餐，哪有不喝酒的！"

姚成田在鱼肉的气息中平衡着胡文娟的焦虑："以后买鱼割肉不用跟我说，食堂由你做主，不买地沟油就行。"

窑工们喝酒的热情远远高于吃肉的兴趣，上桌的白酒没几个来回，就掀了个瓶底朝天，酒桌上肉香弥漫、烟雾缭绕、猜拳行令、大声喧哗，闹哄哄的场面混乱不堪，酒一喝多，你追我赶地失态，有人筷子掉到了地上，有人将香烟拿反了点火，还有人将肉往鼻孔里塞。当姚成田给每人发五十块钱香烟费的时候，酒桌上失控的气氛火爆到极点，老周将满满一碗白酒塞到姚成田手里，一只手拿起筷子敲着桌上的肉碗，一只手高扬着五

十块钱大钞："大伙共同敬老姚一碗酒，下个月给我们发六十！"窑工们端着酒大呼小叫着围过来，东倒西歪，逻辑混乱地号叫着："喝了这碗酒，下个月发九十九！"姚成田放下酒碗："我早就戒了，你们喝！"老杨拽住姚成田的胳膊，硬着舌头吼叫着："姚成田，你他妈酒缸里泡大的，不能当了老板就脱离群众！喝！"众人起哄着："喝！"酒又被强行端到了姚成田的鼻子下。

姚成田浑身汗如雨下，他哆嗦着推开酒碗，随手捧起桌上的一大碗米饭，向众人求饶："不喝酒，罚我吃饭好不好？我吃三大碗饭！"没等大伙儿同意，姚成田一口气将桌上的三大碗米饭风卷残云般地卷进肚里，最后一口饭咽下去的时候，眼白直翻。又有人叫嚣着："吃六碗！"姚成田从桶里又盛了一碗，豪情万丈："吃就吃！"谁知刚扒了一口，咽不下去了，腮帮子鼓得像青蛙肚子。胡文娟从姚成田手里夺走饭碗，毫无说服力地对着众人说："你们不要闹了好不好！"

见姚成田如此狼狈，大伙很开心，老周笑嘻嘻地端了一碗酒过来："吃不了六碗饭，就喝酒！"梗着脖子的姚成田涨红了脸说："我宁愿喝老鼠药，也不喝酒。"喝醉了酒的小蒋突然从墙角拿来一个印有死人骷髅的瓶子，摇摇晃晃地走到姚成田面前："早上刚从镇上买的，菜地用的'敌杀死'，比老鼠药味道淡，喝！"

姚成田抓过瓶子，打开盖子："喝就喝，大不了一死！"

农药瓶子接近唇边的一刹那，罗琳冲过来，夺过农药，狠狠地摔到地上，瓶子碎了："你们疯了！谁要喝酒跟我喝！"说着，端起桌上的一碗酒，咕咕噜噜地一口气倒进了喉咙里。

罗琳扔了酒碗，瘫倒在地。

一群酒疯子都傻了。屋里顿时鸦雀无声，只有肉味、酒味、烟味、农药味在杯盘狼藉的房间里无声地弥漫着。

屋外天色已晚，月亮升起来了，姚成田又看到粉碎的月光向屋内漫过来，月光像是被"敌杀死"浸泡过的，恶毒而恶心地钻进了姚成田的胃里。姚成田一阵猛烈的干呕。

10

第二天没人提及姚成田差点喝农药的事，窑工们都以为姚成田是吓唬他们的，甚至就是他即兴表演的小品，只有姚成田知道，在那一瞬间，他喝"敌杀死"的心情和动作无比真实，所有人都喝醉了，他没醉。

那一瞬间，姚成田觉得窑厂借的五万块贷款和窑工欠薪已还清，自己借的债也一分不剩了，老婆找不到，老屋里的人也死光了，他孑然一身，了无牵挂。在姚成田偶尔丰富的想象里，他觉得自己是在一个月光如水的后半夜来到这个世界的，母亲是被歹人强奸后生下他的，他是个孽种，被抛弃是必然的，所以，没必要也不想寻找亲人。

瞬间的感觉固执而冲动。罗琳夺下农药瓶子摔碎后，姚成田在刺鼻的农药气味的启发下，如梦初醒地意识到欠债还没有还完。4月28日那个夜晚就像深刻的刺青一样，抹都抹不去，只不过豺狼虎豹的刺青是刺在人的胳膊和胸脯上的，而姚成田的刺青是刺在心脏里的。

在许多空洞而仓皇的日子里，姚成田努力回忆着那个夜晚的每一个细节，然而这就像将一袋粉碎的面粉还原成一袋麦子一样困难，那天他喝得实在太多了，所以，他不断努力地说服自己，自己回忆起来的所有细节都不真实，都是假的，都是酒醉后的幻觉。

可自4月28日之后，姚成田一闻到白酒的气味，就反胃，恶心，要呕吐，曾经嗜酒如命的味觉里，酒比老鼠药更毒，更可怕，正因为4月28日喝醉了酒，才给刘秋兰打了电话，才抓着酒瓶砸刘秋兰家门，才看到了一口袋面粉摔到了墙头外面，才发现月光发霉变质，一派粉碎。

所以，没人知道，姚成田拧开"敌杀死"往嘴里倒的时候，他已经无法说服自己了，他已经无法逃离和假设4月28日那个夜晚与他毫不相干。时令已是秋天，秋天所有的庄稼都被撂倒了，姚成田也在秋风的浩荡和无情中被撂倒了，撂倒后，"敌杀死"像亲人一样温暖而亲切。

姚成田用酒瓶猛烈地砸着刘秋兰家院子里的门，叫嚷着还刘秋兰钱，而刘秋兰打开院子大门的时候，姚成田已经忘记自己是来干什么的了，但很奇怪，他记住了院墙上滚落的那袋面粉，而且坚决地认定那袋面粉是一个男人。

刘秋兰问姚成田这么晚来干什么。

姚成田手里抓着酒瓶东倒西歪地嚷着："我，我就不能来看你嘛！和尚动得我动不得？"因为酒喝得太多，姚成田不知道说的是什么，刘秋兰也没听出什么意思来。

刘秋兰不想让姚成田进门，可姚成田很粗暴地挥舞着酒瓶为自己开路，穿过院子直闯刘秋兰家堂屋，堂屋里亮着白晃晃的日光灯，低柜上的电视机里正在播一部虚情假意的爱情电视剧，一个涂着猩红色口红的女人吊着一个玩世不恭男人的脖子抒情："世界上最远的距离，是我搂着你的时候，你却惦记着你口袋里的手机。"姚成田听不懂也没留心听，心虚而头脑简单的刘秋兰站在电视前，非常愚蠢地说了一句："姚成田，你想怎么样？"

姚成田先问你家里有烟吗，刘秋兰说没有，姚成田说烟味这么重，怎么会没烟呢，刘秋兰急了，她有些沉不住气了："姚成田，我不怕你发酒疯！"

姚成田用喝空了的酒瓶敲着桌子，血红的眼睛死死地咬住头发松散、衣衫不整的刘秋兰，像是审讯犯人一样："老实交代，那男人是谁？"

刘秋兰理了理混乱的头发，看着毫无理智的姚成田，反击说："你是我什么人呀？谁让你管那么多了？"

姚成田用酒瓶狠狠砸了一下桌子："郭新河让我管的。郭新河在外面不要命地打工挣钱，你在家不要命地偷人养汉！还有顾小琴，跟一个卖渔网的贩子跑了。"

在姚成田咄咄逼人的质问下，刘秋兰由心虚变成了胆怯，她看着眼前的姚成田突然有些害怕和恐惧起来，手足无措的刘秋兰踌躇了好半天，突然将压在桌上咸菜碗底下的一张收据递到姚成田面前："今天刚卖的菜籽，桑木榨油坊的，后天就能拿到钱，一百八十块，都给你！千万不能跟郭新河说！他要是知道了，会杀了我的。"

姚成田用酒瓶挡开刘秋兰递过来的票据:"我不要!"无计可施的刘秋兰侧身强行将卖菜籽的收据塞到了姚成田的裤子口袋里,姚成田一无所知,直到许多天后,他才发现这张收据,才回忆起下面的情节。

姚成田径直走向刘秋兰的房间。烟瘾上来了,他想进房间找香烟,姚成田毫无理由地认定刘秋兰不给男人备烟,男人也会在床头丢下半包烟。站在房门口,姚成田哆嗦着舌头对刘秋兰吐出几个僵硬的音节:"你,你不进来,我怎么,怎么到手呢?"他还做了一个招手进来的姿势。

刘秋兰脸色铁青,她由恐惧而反生出拒绝和愤怒,她指着姚成田破口大骂:"姚成田,当初看你可怜,我借路费给你去找老婆,找不到老婆就深更半夜到处去砸女人家的门,你个活流氓,不撒泡尿照照自己,你是什么东西,想占我的便宜,没门,我就是跟猪狗上床,也不跟你这个三等残废胡搞!"

姚成田没太听清楚刘秋兰骂的每一句话,但他听清了他最不愿听的几个词,活流氓、什么东西、三等残废、猪狗不如,这几个词汇就像硫黄、芒硝、硝酸钾、黑炭混在一起,一搅拌,炸了。

姚成田一个字没说,他攥着酒瓶从门边走到刘秋兰身边,刘秋兰毫无防备地看着她:"姚成田,我再跟你说一遍，打从读小学起，我从来就没正眼看过你，今天你就是打死我，我也不会跟你到床上去！"

姚成田依然不说话，他眼前晃动着两个人影，一会儿是刘秋兰，一会儿是顾小琴，姚成田扬起手中的空酒瓶，想将两个不待见他的女人分开，一个横扫，酒瓶在冰凉的空气中划出一道血腥的弧线，只听到"啊"的一声尖叫，刘秋兰像摔在墙头外的那袋面粉一样，瘫倒在地。

姚成田当时没觉得有什么后果，他只是觉得将两个女人分开了，眼不见为净，转身就走了。姚成田离开的时候，手里依然抓着酒瓶，酒瓶完好无损，也没有一丝血腥。

最后一击的酒瓶出门扔到哪里去了，姚成田再也记不起来了，案发现场应该有姚成田的脚印，可第二天一早邻居发现刘秋兰死了后，村里人抢在警察之前都来了，现场一片混乱，物理痕迹几乎全被破坏，而留下的吴启春的烟头、头发、精斑等生物检材，成了铁板钉钉的证据，侦查的现场与姚成田无关，警方没发现第三人的蛛丝马迹。

姚成田曾想过会不会有第四人，打刘秋兰主意的男人肯定不止一个，这个当年郊区中学的破落明星，曾给那个无限自卑的学校和许多男生带来过许多不切实际的幻想，如果有第四人紧跟着进去过，那么姚成田就无关紧要了。

几个月里姚成田虽然努力推断着其他可能性，但他依然记得刘秋兰倒在桌腿边的细节，她"啊"的一声惨叫短暂而急促，声音里流露出死不瞑目的委屈与不甘，而且她是随着他酒瓶的横扫而瘫倒的。姚成田抹不掉这些细节，这些细节像烧熟的砖瓦一样坚固，二审判决书姚成田看到了，刘秋兰是被外力一次性击打而死亡的，没有二次击打。

姚成田自窑厂会餐抓起农药瓶的那一刻起，他的内心就不再打算为自己喝醉酒后记忆模糊、细节失准、真假两可而掩饰和辩护。

树上的鸟儿和叶子一起在萧瑟的秋风里颤抖，冰凉的风一阵紧似一阵地从田野上吹过来，窑烟在风中涣散着破碎，那天，站在三座坟墓一样的土窑的阴影里，姚成田擤了一把鼻涕，他知道冬天实际上已经提前来了。

11

窑工们早出晚归，罗琳家远，窑厂收拾了一间仓库做宿舍，姚成田仍然睡在办公室旧沙发上，虽说还有一间烧窑窑工夜里轮流睡觉的宿舍，而真正固定的宿舍实际上只有姚成田和罗琳两人的。孤男寡女住一起，没事也会有事，只是罗琳比姚成田小了十二岁，姚成田算她叔叔辈的，一个是青春烂漫的女大学生，一个是比文盲稍好些的又矮又土的农民，窑工们没多想，反倒是姚成田多心，罗琳住进来没一个礼拜，姚成田就找到胡文娟："你住到窑厂来，晚上陪陪小罗！"胡文娟满口答应："小丫头年轻，不懂事，你现在跟吴启春差不多，口袋有钱了！"姚成田苦笑了笑："你想哪儿去了！"

窑厂晚上有大把的空闲时间，会计罗琳要到办公室看电视，胡文娟烧饭累了要睡觉，胡文娟陪了几次后就有点撑不住，罗琳说："胡姐，反正你不喜欢看谍战剧，我跟姚哥一起看！"

那天看电视的时候罗琳对姚成田说："'庐阳好人'是不是成了你的包袱，我发现你太谨慎了，谨慎得有些紧张。"窗外的月亮升起来了，姚成田慌忙起身，关上了办公室的门，然后又搬起一大块三合板，迅速将窗户挡了起来，罗琳很迷茫地看着姚成田，一时摸不着头脑。罗琳看着紧张得冒汗的姚成田："姚哥，你这是怎么了？"姚成田抹着脸上的虚汗说自己得了一种病，不能见到月光，罗琳说，那不是病，那是一种心理障碍，"你老婆是不是在一个月光明亮的晚上跑掉的？"姚成田说是的，罗琳说我估计你是受了这个刺激。姚成田又说："你是大学生，懂得多。不能喝酒得的是什么病？"
罗琳说："胃病，胃溃疡！"姚成田说："那我就得了胃
溃疡！闻到酒味胃就要炸。"电视上两个正在办案的美
国警察已经潜伏到了海岛上大毒枭的窗子下面了，窗外
海上升起了一轮明月，姚成田一抬手，立即按下遥控
器，屏幕上警察和月光都消失了。

门外响起急促的敲门声，罗琳开了门，胡文娟说罗
琳丢在房间里的手机响了，她送手机过来，见屋内有些
鬼魅，就用很怀疑的目光打量着两个人："看电视关着
门干吗？电视怎么关了，连窗子也堵上了！"

罗琳解释说："姚哥有病。"

姚成田抢上来说："我没病！"

胡文娟很揶揄地看了一眼表情茫然的罗琳说："恐
怕是你有病吧！"

第二天，罗琳在镇上买了一大块黑布，又找到裁缝
店做了一个黑色窗帘，回来后，罗琳叫胡文娟帮她一起
将黑窗帘挂上，食堂里正在做饭的胡文娟手里攥着汤
勺："是成田叫你买黑窗帘的？"罗琳说不是，胡文娟转
过头，将脑袋埋在锅灶的油烟里："马上要开饭了，我
正要烧菜呢。你去找成田吧！"

罗琳去窑口找到姚成田，两人用螺丝固定好拉杆，
再将黑色窗帘挂上，挂好后，姚成田拍着一手黑灰：

"小罗，你心真细。将来谁找到你做老婆，祖上积德。"

罗琳很轻松地说："现在的男人基本上都是坏人。我到广西搞传销，你知道是谁骗我的吗？前男友！"

第二天罗琳又跟着胡文娟一起到了镇上，胡文娟买菜，罗琳买药。胡文娟问罗琳为什么要买药，罗琳说："姚哥见到白酒就反胃，你没看出来？"胡文娟说没有，她有些狐疑地看着罗琳："你好像对成田太上心了吧！"罗琳说："上心就对了，他是我们老板，他要是得胃癌死了，我俩饭碗就没了。"在镇上的三岔路口，胡文娟不着边际地问了罗琳一句："姚成田有老婆，你不晓得？"罗琳在一口沸腾的油锅前停住脚步，买了两根炸得金黄的油条，塞一根给胡文娟："我晓得。他老婆是花钱买的，没户口，也没拿结婚证，假老婆，无效婚姻。你要是跟被判了死刑的丈夫离婚，嫁给他，合理合法！"胡文娟抖动着油条："这种伤天害理的事，我做不出来。再说了，姚成田跟顾小琴办过结婚酒席的，就是两口子。"

王麻子是在胡文娟去镇上买菜的时候来到窑厂的，他没找着胡文娟却见到了姚成田，姚成田现在对王麻子一点都不反感，站在缭绕盘旋着滚滚钞票的窑烟下，他已经有足够的自信宽恕和原谅王麻子的挑衅和无礼："进来抽支烟，喝杯茶，黄山毛峰，今年的新茶！"姚成田客气地招呼着王麻子，一支上档次的"玉溪"烟递了过去。王麻子一脸麻子涨得通红："姚成田，你他妈的吃着碗里，看着锅里。霸占了一个年轻的小丫头不算，连胡文娟这样的二茬女人也不放过！"姚成田心平气和地说："老王，你高抬我了！"王麻子吐掉嘴里的烟头："把两个女人全都弄到窑厂陪睡，太他妈贪心了。为什么我给胡文娟发短信，她不回？郭新河逼着胡文娟赔钱，她一分拿不出来，是我他妈的两肋插刀见义勇为的，知道我掏了多少钱吗？"姚成田摇了摇头说："不知道。"

王麻子已将人力三轮换成了三轮摩托，王麻子离开窑厂时，站在摩托车马达声里对姚成田甩出一句："姚成田，你不就开一个窑厂吗，老子马上到市里去开公司！你个小瘪三，整天想坏我的好事，五百年才出一个的庐阳坏人！"姚成田对着王麻子阳光下远去的背影，苦笑了笑，心里说："我连命都不想要，还想要什么女人！"

度过许多个夜不能寐的夜晚，姚成田最终还是决定离开庐阳。

窑厂在秋天的阳光下装窑出窑，砖瓦紧俏，连没烧熟的残次品都被一抢而空，姚成田望着欣欣向荣的窑厂，觉得这是外国的窑厂，很遥远，很不真实。他知道

175

自己挣钱不是靠经营，靠管理，而是靠政府，靠运气，三十多年穷困潦倒，霉透了，最缺钱的时候，挣不到钱；不想挣钱的时候，钱长腿，自己跑过来了。可钱救不活酒量，也纠正不了月光的颜色。

长城内外、大江南北发了疯似的大兴土木，姚成田转让赵堡窑厂的消息一出，同样遭遇疯抢："乡下开窑厂比城里开窑子还挣钱。"这话是黄耀武说的，黄耀武是第八个来收购窑厂的。姚成田报价五万，经过一轮又一轮加码，黄耀武涨到六万。他将先前欠的三千多块砖瓦款一把拍在姚成田面前的桌上，又深情地回忆起4月28日晚上"淮上酒家"请姚成田喝酒的动人情景，希望姚成田能看在4月28日喝了五碗酒的份上，将窑厂转让给他："我是个粗人，但讲情义，那天晚上我给咪咪三百块钱打胎，她不要，不要我就给你了！"姚成田觉得这个给了他三百块钱的人实际上已经将他打入了三百层地狱，那天晚上黄耀武虽然没有恶意，但他却在那个晚上结出了恶果。他不想把窑厂转让给黄耀武，于是吞吞吐吐地说："赵堡欠的工钱，银行的钱，还有高利贷，三十多万，六万不够的！"黄耀武气得鼻子上冒油："窑厂又不是你的，你拽什么拽？你是不是要我把赵堡欠三陪小姐的坐台费也一起还了？"姚成田表情猥琐地乞求着黄耀武理解："黄大哥，黄总，我答应过赵堡处理窑厂后事，等我把赵堡欠的钱还完了，再转让给你，好不好？"

就在姚成田为转让窑厂焦虑不安的时候，出价比黄耀武高的人出现了，国庆节那天上午，一个手腕上套着金链、腋下夹着黑色真皮公文包的老板开着"本田"轿车来了，他见了姚成田的第一个动作就是拍了拍鼓鼓的黑色公文包："里面十好几万，窑厂我吃定了！"他和姚成田坐在一起抽了一支烟，喝了半杯茶，六万五，成交了。就在姚成田跟老板握手庆贺的时候，办公室外面突然传来了一阵尖锐的警笛声，姚成田脸色煞白，握手演变成了攥手，老板掰开姚成田死死不放的手说："要是命中注定来抓你的，你是躲不掉的，慌什么！"罗琳进来了，她问姚成田："怎么警车开过来了？"姚成田交代后事一样对罗琳仓促嘱咐着："工钱结了后，给郭新河家五万，其余还剩大概有两万多，给胡文娟一万五，给你八千。"买窑厂的城里老板坐在破了皮的沙发上，慢条斯理地点燃一根雪茄，脸上的表情平静得像一汪死水。

警车停下来后，鱼贯而入的警察冲进屋里，极其准确地扑向雪茄老板，并迅速铐上手铐，警察拖一包棉花似的将老板拖出屋外塞进警车，警笛一拉，警车呼啸而去。前后时间不到一分钟。

蜂拥过来的窑工和姚成田以及罗琳都傻了。

罗琳问姚成田："姚哥，你那么紧张，交代后事一样，好像来抓你的一样。"

姚成田抹着汗湿混乱的头发："警察经常抓错人。"

第二天，庐阳各大媒体都报道了，前来买窑厂的老板叫何源，是庐阳第一大毒枭，他想通过买窑厂来洗钱。

国庆节假期还没结束，黄耀武找来了律师冯彬说情，冯彬对姚成田说，客观公正地估价赵堡窑厂，三孔土窑，加四间破瓦房，满打满算不超过五万，黄总给六万，我觉得是可以接受的，我知道你是一个对当老板毫无兴趣的人，窑厂转给黄总会经营得更好。冯彬帮过姚成田的忙，要是吴启春被枪毙了，他都不知道自己有没有胆量活到现在。警察的突然闯入，让姚成田对脚下的这块土地更加恐惧，必须走，四万也卖，想通了的姚成田说："我听冯律师的！"

双方约定第二天带现钱过来签约，地点定在镇上的庐峰酒楼，黄耀武说签完了喝酒。姚成田说，不行，不到酒楼，就在窑厂签。

黄昏降临后，没有夜班的窑工们正准备收工回家，姚成田想跟大伙做个交代，自己要去浙江边打工边找老婆，窑厂转让后大伙继续在这打工，都跟黄老板说好了。

可人还没聚齐，一辆桑塔纳轿车在暮色中的窑厂食堂门口刹住。

镇党委钱书记来了。不再漏风漏光的窑厂办公室里，钱书记非常明确地告诉姚成田，窑厂不能卖，你不能走，你将一个倒闭的窑厂盘活，而且还带领三十多名乡亲共同创业致富，你现在不仅是"庐阳好人"，还是庐东镇的"致富能手"。钱书记拍着姚成田的肩膀说："区电视台、电台、报社要联合采访你，时间定在后天上午，下个星期五镇里召开'致富能手'表彰会，这回有奖金，一人五百。"

钱书记根本不是来跟姚成田商量的，而是来宣布决定的。姚成田觉得这个世界上谁都能得罪，但不能得罪钱书记，他活这么多年，没人关心过自己，只有钱书记把自己当儿子待。

窑工们只知道镇上的领导来了，但不知道发生了什么，他们踩着漫天暮色回家去了，一路上风声不止，秋天在风声里长途跋涉。

12

一切都好像没发生过，窑厂依旧每天冒烟，蓝天下飘来的云和烟混为一体，三孔土窑就像三架取款机，源源不断地往外吐钱，取钱连密码都不需要。姚成田事后一想，守着这么个窑厂却要转让，人们会在不可思议中对他进行全方位推测，这反倒是搬起石头砸自己的脚。姚成田有时候抓起农药都敢喝，有时候又想逃离庐阳的月光；有时候像革命烈士一样大义凛然，视死如归，有时候又像叛徒变节者一样胆小如鼠，苟且偷生。进入秋天后，姚成田在那间办公室兼卧室的屋里的主要任务是收钱，抽烟，胡思乱想，想到腿和脚指抽筋的时候，他就没命地喝水。

以前胡文娟每天给办公室送一瓶开水，国庆节后每天送两瓶，姚成田看出了开水的变化，问怎么了，胡文娟说："你胃不好，要吃药。"姚成田有些急眼了："谁说我胃不好了？"胡文娟说罗琳都给你买药了，姚成田下意识地打开抽屉，几盒名字很古怪的胃药还没拆封，姚成田说："那是小罗胡乱说的，我没胃病！"胡文娟说："你是不是被这个小丫头迷住了，什么都听她的。"姚成田岔开话题："过两天中秋节了，明早买菜顺便给每人买两包月饼、一瓶麻油。"

一个星期前的那天晚上，姚成田和罗琳在屋里看电视剧《激情燃烧的岁月》，屋外秋天泛滥的月光铺天盖地，姚成田让罗琳关上门窗，屋内暧昧的空间里，罗琳坐在没卖掉的长沙发上边嗑瓜子边看电视，姚成田一如既往地坐在边上的方凳子上，罗琳看了姚成田一眼："三人沙发坐两个人，难道会出人命？规定'庐阳好人'不能跟人合坐沙发了吗？"姚成田酝酿已久，敷衍了一句话："坐沙发，腰疼。"罗琳一把拉过姚成田："坐沙发腰受伤，我送你去医院！"猝不及防的姚成田一下子撞倒在沙发上罗琳的怀里，自顾小琴跑了后，他第一次近距离闻到了女人的气息，罗琳柔软的腹部和乳房像是风起云涌的泡沫，淹没了姚成田的呼吸，他从沙发上触电似的反弹起来，大口大口地喘着粗气，脸上是大片的仓皇与烦躁，他终于知道，在月光和酒之外，还有零距离下女人的身体，如炸弹，如毒药。罗琳看着身心俱碎的姚成田，很是伤感地说："姚哥，你真的有病！"

一个阳光苍白的中午，离午饭还有一会儿，姚成田让罗琳把隔壁厨房烧饭的胡文娟叫过来，他打算向她们宣布苦思冥想了好几个晚上的决定：两人全部辞退，窑厂换成清一色男人。

办公室里的气氛像是医院的病房，姚成田还没说完，罗琳就打断说："姚哥，你有病，我不能走！"姚成田将抽屉里的三盒胃药扔到罗琳面前："我没病。我不是不能喝酒，是不想喝酒，根本不是胃病。"罗琳撕开一盒药的封套："姚哥，你赶我走，行！一人喝一瓶酒，不，半瓶，你把半瓶白酒喝了，我立马就走！胡姐，拿酒去，厨房碗橱里有。"

胡文娟一时不知所措，姚成田摆摆手，意思是不要拿。姚成田避重就轻，诉苦说："我不是无情无义，实在是窑厂是非太多。王麻子找我来闹事，还在村里到处放风，说我霸占了两个女人，村里也就有人说我有钱就学坏了。我真是冤呀！"

胡文娟说窑厂靠家近，方便照应家里的农活，外面打工的活也不太好找："等我找到了下家，我就走。"

罗琳接上去说："我不走！我又没犯错误，凭什么要走！"

胡文娟说："死皮赖脸没意思。"

小姑娘罗琳说话从来就是张口就来："不是死皮赖脸，而是他开除我俩不合法！"

姚成田其实是一个没有什么坚定立场的人，也是一个没有什么能力处理复杂事情的人，世面见得太少。见场面如此僵持，他只得说："好了，好了，你们都不要走了！"

当天下午，姚成田来厨房交代第二天出窑多买五斤肉，正在洗碗的胡文娟甩了甩手上的油水："村子里那么多人，没人帮我，当时你为什么要帮我，现在又为什么要赶我走？"姚成田关掉还在漏水的水龙头："我从小就是没人帮的人，当年在郊区中学受人欺负，王小龙嘲

182

笑我是野种，吴启春把王小龙嘴打出血了，赔了三块五毛钱药费，一分没让我出。"

胡文娟听明白了："我不连累你，明天我就不来了。"姚成田说："你不来才连累我，小罗一个女孩在窑厂住，我八张嘴也说不清呀！"

胡文娟声音像酸咸菜："你跟她一起住不就没闲话了，你现在也有钱了！"

姚成田拿过胡文娟刚洗的一个碗，说："你以为这碗跟刚出窑的时候没两样，其实已经两样了，只是你看不出来。"

胡文娟觉得姚成田说的话像发高烧说的胡话，一个字都听不懂。

媒体联合采访很失败。姚成田一口咬定说没想过带领乡亲们共同致富，这三十多个窑工都是赵堡欠工钱没还清的，还有就是借过钱给他出门找老婆的。这些内容报纸、电视里都没报道出来，不过那些掺了水的报道中有一点是真的，他确实在帮赵堡还债，姚成田说的"窑厂是赵堡的，反正羊毛出在羊身上"这句话也被删掉了。

郭新河是手里拿着报纸来窑厂找胡文娟的。吴启春的舅舅死了，胡文娟下午请假去庐西镇吊丧了。没找到胡文娟的郭新河扬起手中的报纸对姚成田大嗓门吼着：

"你帮着杀人犯的老婆发家致富了，可赔偿的钱她赖着不给，连个人影都见不到!"

郭新河没出远门打工，也不愿来窑厂打工，他守着几亩地整天在村里和镇上打麻将，刘秋兰一死，好像他也死了，整个人完全废了。

姚成田给郭新河一条毛巾和两块香皂："发给窑工的，剩下的。"郭新河犹豫了一下，还是接过来揣到怀里。姚成田说："胡文娟还要赔多少钱?"一脸胡子拉碴的郭新河情绪激动了起来："还差五万呢，法院判的。一条人命才六万块钱!"

姚成田让罗琳到镇上银行取回五万，用报纸包好，交给郭新河："我代吴启春赔五万。说话算数，你不许对外说一个字，也不许对胡文娟说!"

郭新河紧抱着报纸包着的一包钱，像是抱住了未来一大把幸福岁月，他眼圈有些红了："不愧是老同学，你是个真正的好人。这五万块钱，从胡文娟工资里扣吧!"

郭新河走后，罗琳望着姚成田像是望着一个外星球来客："代杀人犯赔钱，人是你杀的?"姚成田肯定地说："是的，人是我杀的，你现在就可以打电话报警!"

罗琳看着神色平静的姚成田："你真的病了，病得不轻! 我每个月扣胡文娟多少工资，三百还是五百?"

姚成田将一张印有自己先进事迹的报纸揉成一团：
"一分不扣。小罗，你不要跟胡文娟说五万块钱的事，
一个字不许提！"

罗琳说："我要是提呢？"

姚成田说："我们一刀两断。你不走，我走！"

罗琳答应了。她在心里默默地想着，这是一个太脆
弱的男人，老婆跑了，受了点刺激，就神经错乱成了这
样，如何才能让姚成田同意去看心理医生呢？

天色渐暗，姚成田问罗琳："今天是农历初几？"

罗琳说："二十六。"

农历下半月，月亮在地球的那一边，远离月光的晚
上，姚成田如同死里逃生。他居然有些夸张地说："小
罗，你才是'庐阳好人'！我请你去镇上吃烧烤！"

罗琳说了两个字："不去！"

13

2017年的春天如约而至，庐阳城乡的空气里流淌着
柔软的春风，微信公众号不断更新的图片里，疯狂扩张
的城市已吞没了郊区庐东镇，竹笋一样的高楼一天天向
着窑厂逼近，一切都在改变，只有窑厂没有任何变化。
八年过去了，但2009年4月28日晚上的粉碎的月光却一

直没有在姚成田的噩梦中结束。这一年，他已经四十岁了，个子越来越矮，头发加速脱落，对服装和时尚的麻木不仁，让人家感觉到姚成田就像一块窑里烧坏了的次品砖瓦或是一件古代的出土文物，他拒绝潮流也被潮流拒绝，手机是老式按键诺基亚的，不能照相，不能上网，当然也就不能开微信。他没有老婆，没有房子，2017年大江南北的小汽车泛滥成灾，姚成田也没有车子，一辆骑了五年的摩托车经常漏油熄火，窑厂虽说还在冒烟，但效益已经大不如前。现在的窑口普遍改用温控电窑，砖瓦坯料由机器一次性轧制成型，而姚成田的三孔土窑依然靠柴草烧窑、人工掼砖坯。在技术革命突飞猛进的2017年春天，姚成田和他的窑厂就像一个没牙的八十岁老太太拄着拐杖混迹在时装模特队伍中，固执地赖在T型台上走秀。

姚成田大多数时间坐在门前晒太阳，目光僵化地看着涣散的窑烟在高远的天空里幻灭，他手里捧一个茶垢很厚的玻璃茶杯，拼命喝水，香烟没有熏黑他四十岁的牙齿，但他的内心已被熏得一片黑暗。在姚成田漫长的失神与枯坐中，香烟经常从指缝间掉下来，他浑然不觉。那天上午胡文娟送开水过来，她看到姚成田的裤脚在冒烟，胡文娟扔下水瓶，慌忙冲过去拍打着姚成田的裤腿，裤腿上的烟火灭了，开水瓶也摔碎了。胡文娟看着被香烟烧坏了的裤腿，问："没烧着腿吧？"姚成田缓慢移开目光，看着残缺了一角的裤子，指着不远处的开水瓶残骸："开水瓶碎了。"胡文娟不再说话，她望着神情麻木而迟钝的姚成田，长长地叹了口气。

罗琳要去镇上，问胡文娟新买开水瓶外壳选塑料的还是不锈钢的，正在一口大铁锅里翻炒着土豆的胡文娟放下锅铲，她站在酱油味和盐味很重的烟雾中，说随便买什么外壳的，她语气有些迫切地对罗琳说："我正要跟你说件事呢！"

胡文娟告诉罗琳，从明天起她就要离开窑厂了，窑厂没救了，姚成田也不是做大老板的料，他对自己有恩，可自己在窑厂烧了八年饭，两清了。"真的，他先前帮过我，可我现在帮不了他。"

罗琳开门见山："你现在不走，就是帮他。他有病，在他有病的时候走，这就叫落井下石，对老姚来说等于雪上加霜。"不知从哪一天起，罗琳和胡文娟都不知不觉地叫姚成田老姚了。

胡文娟关了铁锅下面的炉火，灰烟呛得她频繁地咳嗽着："你二十九了，姑娘一过了三十，再漂亮也得降价。这么多年下来，这窑厂三十多号人谁都能看出来，他不会娶你，你也不会嫁给他。听我一句，赶紧去找个好人家，日子还得往下过呢。我都四十了，比老姚还大三个月。"

罗琳说:"你走,我不走。"

第二天上午,胡文娟做好了当天的中午饭,然后去跟罗琳结清工钱,姚成田不在,罗琳问胡文娟老姚可知道你走人,胡文娟说前几天就跟他说了,罗琳问老姚什么态度,胡文娟说:"老姚就像窑厂少了一块砖头一样,一句挽留的话都没有,只是问我要多少钱,我说除了工钱,一分不要。"一个月还差四天,罗琳按一个月给胡文娟结了一千八百块钱,在胡文娟蘸着唾沫数钱的时候,罗琳问胡文娟:"你还欠刘秋兰家多少钱?"胡文娟头也不抬地说:"五万。人是吴启春杀的,又不是我杀的,我没钱,也赔不起。"罗琳望着胡文娟:"你可知道,最近这几年,刘秋兰家为什么一直没找你要钱?"罗琳想说你的五万块钱早就由老姚还了,话到嘴边,还是忍住了,她怕泄露后,姚成田的病情会加重甚至崩溃。

中午时分,一辆黑色"别克"轿车卷着尘土从三孔土窑的后面呼啸而来,停在食堂门口,汽车像是一头被杀的猪,发动机一停,车屁股后面冒着的黑烟挣扎着喷吐了几口,咽气了。

胡文娟将自己的被子、枕头、几件冬天的毛衣、棉袄、刷牙缸还有一包用了一半的卫生巾搬到了轿车的后备箱里，这时在窑口陪烧窑师傅抽烟的姚成田回来了，胡文娟见了姚成田说："我跟老杨交代过了，每顿十二斤米，做三个菜。"窑烟呛了八年的老杨得了肺气肿，换岗顶替胡文娟烧饭。姚成田看着黑色轿车，问："哪来的小轿车？"这时前面的车门打开了，驾驶座上下来一个人。是王麻子，他手里攥着车钥匙，牙齿上咬着香烟，很得意地说："我的。美国轿车！胡文娟想通了，跟我去市里吃香的喝辣的，当公司的后勤经理。"王麻子在市里开了一个废旧物资回收公司，早就鸟枪换炮了。

姚成田看了王麻子一眼，没说话，一声不吭地走进了屋里。

当天晚上，姚成田收到了王麻子发来的一条短信：胡文娟说我的席梦思大床比窑厂的砖铺舒服一百多倍。

姚成田一夜没睡，抽了一夜的香烟。第二天一早，眼睛布满血丝的姚成田直奔草棚下的摩托车，立即出门，他已经想好了，他要对市公安局说："吴启春没杀人，快把他放了！"

踩了好半天，脚都踩麻了，摩托车就是不响，一低头，姚成田看到地上一大摊油，油漏光了。罗琳过来喊姚成田去吃早饭："早饭没吃，你这么急着要去哪儿？"姚成田看着一脸疑惑的罗琳，好半天才憋出几个字：

"去镇上买烟。"

罗琳继续质疑："烟比饭还重要吗?"

早饭后，罗琳看到姚成田桌上还有大半条香烟，就对姚成田说："你跟我一起去医院，我早就跟冯彬说好了，他同学是神经科的博士。"

姚成田像是突然被毒蜂螯了一下，情绪激动地嚷着："我没病!"

窑厂对于姚成田形同虚设。窑厂的财务和销售基本上都是由罗琳一个人操持，窑工们都看出了罗琳实际上是窑厂二当家的，可她并不是窑厂的主人。二十九岁的罗琳在这个无比绝望的春天真的撑不住了，她累了，也怕了，终于她选择在一个没有月光的晚上跟姚成田摊牌："老姚，我都快三十岁了，你和这个窑厂把我的青春岁月差不多耗光了，但你还是你，一点没变。有病不看，还不承认。你只有忘掉过去，找一个人取代顾小琴，才能得救。我已经想好了，如果你同意，我跟你结婚，初恋遇到一个骗子后，我对浪漫爱情之类的早就没什么幻想了，我只是想救你，你不是强人，不是能人，但最起码你不是一个狼心狗肺的坏人。"

姚成田眼睛里闪烁着没有温度的泪光，声音像豆腐一样软弱："小罗，说真心话，我不敢，也不配。真对不起，是我害了你! 我早就叫你走了，可你不走。"

罗琳的性子还是那么急："不要绕弯子，同意还是不同意？"

姚成田压抑在心里八年的秘密终于向罗琳坦白了，他慢慢地喷吐着与他相依为命的烟雾："小罗，我是杀人犯，我有命案在身。"

罗琳说话从不深思熟虑："杀人犯我也认了！"

姚成田让罗琳坐到自己对面的一张凳子上，将2009年4月28日的案件详细地复述了一遍，像一壶存放了八年的老酒，姚成田的回忆丝丝入扣，绵软而细腻。说完后，姚成田长吐了一口气，脸色虽憔悴，却显然松弛了许多。罗琳惊得目瞪口呆，她看着姚成田，想从他脸上找出杀人的迹象，可一无所获。姚成田声音诚恳地说："你去报警，到时候政府会给你见义勇为奖，也算是对你受累受苦这么多年的一点报答，真对不起！"

罗琳站起身，由于动作幅度太大，凳子倒在了地上，她震惊，她伤心，她怀疑，她委屈，不争气的眼泪无声地流了出来："我不报警！"

姚成田问账上还有多少钱，罗琳说只有七万块了，这些钱八年前在三线城市庐阳能买一小套房子，而现在连一间厨房都买不到了，罗琳说你要是再给福利院捐六万的话，就只剩一万了，姚成田说窑厂还在冒烟，你拿着剩下的一万走吧。罗琳说不。

这八年窑厂总共赚了一百二十多万，除去替赵堡还掉三十多万，其余的钱全都捐出去了。最多的年份赚二十多万，到2016年的时候，一年只赚了三万多块钱。这么多年，乡里乡亲患癌症的、遭遇横祸的、揭不开锅的、上不起学的，只要姚成田听说了，一律送钱过去。事后罗琳回忆起来，每次送了钱后，姚成田脸上惶恐和绷紧的表情能松弛三天左右。每次捐钱只有罗琳一个人去，姚成田从不出面，也不让罗琳对外说，要是泄露出去，一刀两断，姚成田所说的一刀两断就是逼她离开窑厂。八年里罗琳把姚成田当作病人而不是恋人，所以一味地迁就和包容他，直到2017年春天的某个深夜，罗琳突然醍醐灌顶般意识到姚成田需要一个女人取代顾小琴时，才决定找他摊牌，等到牌真的摊开，罗琳才知道自己想错了。

尽管如此，在罗琳糊涂的意识里，打算嫁给姚成田才是见义勇为，而不是去报警。

从那以后，罗琳和姚成田谁也没提过这事。三月的春风吹走了窑烟和他们隐秘的对话，田里的麦苗正在返青。

14

夏天还很遥远，可姚成田的情绪却像夏天的天气一样，说变就变，抬头乾坤朗朗，转眼电闪雷鸣风雨交加。

赵堡欠下的债，姚成田连本带利差不多都已还清，只有武祥彪的二万块钱一直没还。姚成田叫罗琳去庐西镇福利院捐六万块钱的时候，罗琳忧心忡忡："武祥彪说再不给钱，过几天就带炸药来把窑炸了。能不能先给他一些钱，捐款再缓一缓？"姚成田情绪很激烈地对罗琳叫了起来："武祥彪不把我当人，他敲诈我，你看不出来？捐，你现在就去捐！"庐西镇福利院不久前遭遇火灾，烧伤八个，姚成田在报纸上看到住院费频频告急。

姚成田情绪激动的时候，脸色像猪肝，呼吸断断续续，随时要死了一样。见此情景，罗琳只得去了。

赵堡借的钱大多是高利贷，姚成田还债，只愿按银行贷款利息还，赵堡早已逃之夭夭，二十多个债主能要回本钱已是谢天谢地，所以他们来拿钱的时候对姚成田感恩戴德，递上香烟，还讨好地给他点上火，说"庐阳好人"真是名不虚传。姚成田愣头愣脑地回一句："我不是好人！"债主们数钱的时候依然继续恭维说："好人就是谦虚。"

赵堡借过武祥彪二万块钱高利贷，年利率百分之五十，2009年姚成田要按银行贷款利率百分之八还，两年连本带利付二万三，武祥彪将一把雪亮的匕首扎在姚成田面前的办公桌上，办公桌是质量较差的木屑压制而成的，一刀下去，捅了一个尖锐的豁口。姚成田脸色平和地告诉武祥彪："我从镇上农商银行贷款，利息就是百分之八，你要百分之五十，那就只好等赵堡回来还你。"那时候窑厂一片红火，武祥彪攥着匕首扔下一句话扬长而去："三四万不还，到时候我要你他妈的掏三四十万，走着瞧！"

果然，2017年一开春，见窑厂不再红火的武祥彪上门逼债来了，利滚利，当年的二万，八年后滚成了三十四万二，姚成田的回答依然是："找赵堡去要！"屠夫儿子武祥彪早年在庐东以偷鸡摸狗出名，十九岁那年用他父亲的杀猪刀火并掉了庐东镇地痞侯七，成了庐东一霸，等到武祥彪来找姚成田索要三十四万二的时候，他已成了庐阳市踩一脚马路直晃的黑老大。食堂开饭的时候，姚成田问窑工们武祥彪的利滚利该不该给，老周扔下筷子："一分不给，这黑心钱抵我们连天加夜干上大半辈子。"顶替胡文娟烧饭的老杨抄起案板上剁骨头的刀："武祥彪要是耍横，我就剁了他。"小蒋现在已熬成老蒋，他吐出嘴里的一块猪骨头："老姚，你要是同意，我能搞到枪，武祥彪只要敢来炸窑，我一枪先把他崩了。"

三天后的傍晚，两辆黑色轿车开到窑厂，武祥彪来了，他没有带炸药，但带了十来个身上刺有豺狼虎豹图案的打手，他们举着砍刀和铁棍先来个下马威。一行人第一目标直冲屋外工棚，很轻松地就将工棚里窑工们的三十多辆摩托车和自行车砸了个稀烂，紧接着冲到厨房将铁锅和碗盆全部砸碎，一个水喝多了的打手居然往洗菜盆里撒尿，出了厨房，武祥彪对着隔壁紧闭的办公室门叫嚣着："姚成田，出来，不给钱，老子把你当洗菜盆给踩扁！"姚成田和罗琳到镇上年审窑厂营业执照去了，不在。

武祥彪的吼叫声和打砸声惊动了窑工，他们从窑洞和掼砖坯现场全都冲了过来，见自己的摩托车和自行车都砸烂了，他们抄起竹杠、木棍和砖瓦钢模跟武祥彪等人大打出手，三十多个人对十多个人，数量绝对占优，但武器不行，拿着砍刀和铁棍的打手们很快就将窑工们摞倒了一大片。武祥彪手下的一个黄毛下手最狠，他对着老蒋举起砍刀，一刀将老蒋砍蹲下了，老蒋的腿被砍断了，血像喷泉一样喷射在血色黄昏里，血光逼停了暴力，整个现场突然一片死寂，武祥彪见老蒋抱着自己的断腿嗷嗷惨叫，手一挥："撤!"

接到电话的姚成田和罗琳赶回窑厂时，现场一片狼藉，被打伤砍伤的十一个窑工躺在地上呻吟，空气中的血腥味此起彼伏，老蒋已经昏死了过去，赶来的120急救车将伤员紧急送往医院。

一个星期后，七个轻伤窑工出院，回家休养，而老蒋的一条腿没接上，需要安装假肢，终身残疾已成定局。武祥彪和一群喽啰被警方定性为涉嫌放高利贷、故意伤害、发展黑社会组织，已经被逮捕。

虽说2017年农村医保可以报销百分之七十住院治疗费，可剩下的费用，还有营养费、误工费怎么办，老蒋换假肢十多万不能报，丧失劳动能力后残疾保障还需要多少钱，不能往下细算。窑厂已经掏不出钱来了。

姚成田面对复杂的人生和复杂的具体事件，拿不出来什么办法，而且没什么主见，罗琳用八年漫长的时间弄明白后，已耗光了全部的激情和耐心，医院催款通知送来的时候，罗琳终于忍不住第一次向姚成田发难："老姚，你要是先给武祥彪六万块，最起码老蒋腿不会断。厨房全毁了，锅碗瓢盆要重新买，那么多砸掉的摩托车自行车要补偿。"她将一张银行卡扔到姚成田面前："里面没钱了，你说怎么办?"

姚成田垂下疲倦而无力的眼皮，声音比眼皮更加无力："你去市里找冯律师，问一下武祥彪要赔多少钱？"

罗琳说："武祥彪的财产已经被查封了，法院没判，怎么个赔法？"

姚成田软下口气说："算我求你了，你去跟冯律师说说，让法院先判点钱过来！"

罗琳见姚成田像一个走投无路的败将，于心不忍，去市里了。

罗琳是晚上才回来的，见姚成田屋里没有亮灯，也就没去汇报求助无果的事。

姚成田失眠已经多年，这天夜里他却很奇怪地很快睡着了，睡着了的姚成田被龙卷风卷到了空中，他在空中看到三孔土窑变成了三颗巨型炸弹，刘秋兰从食堂里举着火把冲了出来，火把飞过一道弧线，飞向三颗巨型炸弹，炸弹轰然爆响，天地间烈火熊熊，姚成田被火焰吞没，人也沉入了浑浑噩噩的黑暗中，他感到腿脚冰凉，一伸手，一条腿没了，他疯狂地奔跑和挣扎。挣扎中的姚成田从自己的床上反弹了起来，半睡半醒地推开办公室的门，没命地冲到食堂隔壁罗琳的宿舍前，他恐惧的双手拼命地拍打着屋门："快，快救我！"撕心裂肺的声音惊醒了罗琳，她睡眼惺忪地打开门，见月光下的姚成田浑身哆嗦着，她问："怎么了？"姚成田拍打着门框，喊着："我的腿，我的腿呢？"

夜班轮换的窑工老周、老李、小徐刚从窑口回来睡觉，见姚成田砸开了罗琳的门，就一起围了上来，他们很是糊涂半夜三更的究竟发生了什么，最后老周上前将姚成田狠狠地推了一把："你大半夜砸门算什么，要是个男人就明媒正娶了小罗，没有小罗，你这个窑厂早垮了！"姚成田跌坐在地上，屁股硌到了一块断砖上，梦醒了。他爬起来，摸了摸自己的腿，还在，然后默不作声地回屋去了。

罗琳对窑工们解释说姚成田来找她问武祥彪赔偿的事，医院催款，心里急，就来砸门了。这显然不能自圆其说，姚成田的动作、姿势、声音和语气都不对头。

夜班回来的窑工彻夜讨论姚成田想女人想疯了，并一致认为再跟姚成田干下去是没有出路的，他们盘算着什么时候离开窑厂。

第二天一清早，姚成田坐在办公室门口的凳子上望着空荡荡的天空发愣，一阵风从门前掠过，寒凉的气息深入骨髓，姚成田进一步裹紧夹袄。烧饭的老杨走过来借火点烟，随口说一句："这叫倒春寒。"

15

窑工受伤十来个，相当于窑厂被砍断了一条腿，砖瓦坯料跟不上，窑厂停烧了一孔窑。现在每天只有寥寥的手扶拖拉机和农用车来买很少的砖瓦回去砌猪圈，盖鸡窝，或房顶补漏，眼见着窑厂过起了朝不保夕的日子，而姚成田更是千金散尽，四面楚歌。

老杨要去镇上买菜，他问姚成田中午买不买肉了，斜躺在破皮沙发上的姚成田说买，买五斤，老杨掏出口袋里的几张零钱说钱不够了，姚成田叫他去找罗琳要，一群记者就是在这时候一窝蜂进来的。

报社、电视台、电台、庐阳在线网一口气来了六个记者，摄像机架好，照相机镜头调好，还有的掏出手机准备拍照。

姚成田依旧斜躺在沙发上，沙发上落了不少烟灰还有几粒风干的米饭粒和几根土豆丝，姚成田微闭着眼，对记者们摇摇手："我没捐过钱，一分都没捐过！"

姚成田八年捐了一百二十多万的事迹最先是在网上曝光的，区委宣传部在庐阳论坛里看到后，汇报给了区委钱书记，当年的庐东镇党委钱书记八年后就任郊区区委书记，现郊区改名叫庐旺区。钱书记说这个典型一定要抓住，发家致富后，不买房，不买车，不包二奶，帮前任破产窑厂还完了债，又把剩下的钱全都捐给了社会上的弱势群体，当今社会绝无仅有。

姚成田越是赶记者走，记者越是不走，他们被姚成田这个淡泊名利的老板感动了，那个戴眼镜的电视台记者晓之以理，动之以情："姚总，八年前我在你家采访过你，'庐阳好人'就是我报道的。"报社那个头发跟姚成田一样稀少的中年记者不服气地说："姚总事迹当年最先是我们报纸报道的，是我采访的！"宣传部新闻科长是一位长相一般牙齿很好看的年轻姑娘："姚总，这次我们联合采访，不是让你当'庐阳好人'，而是当省里的'江淮好人'，你是我们全区的光荣！"

姚成田站起身，事不关己地说道："杀人要有现场，判刑要拿证据。我在哪儿捐过钱，谁看到我捐过钱，证据呢？"

姚成田话没说完就走向门外，仓促发动摩托车，跳上车，一溜烟跑了。

一群记者在窑厂杂乱无章的办公室里面面相觑，摩托车干脆而坚硬的声音像是一串密集的枪声由近而远。

初春的上弦月晚上六点钟就出来了，姚成田赶在月亮升起前回到窑厂，罗琳从市里回来已是晚上八点多了，一早她又一次跟冯彬到法院申请用一部分武祥彪的赃款支付医疗费，没谈成。她推门进来的时候，一缕月光也跟进了屋里，姚成田皱着痛苦的眉头，迅速关上门，不等罗琳开口，就愤怒地盯住罗琳："你把捐款的事全捅到网上去了？"

罗琳惊呆了："没有。"

姚成田说："只有你一个人知道的事，怎么全市都知道了？记者来了一大帮，你存心要我命！"

罗琳想起来了，一个星期前她去向冯彬咨询武祥彪伤人赔钱的事，冯彬说姚成田窑厂有的是钱，医院的钱先垫着，等法院判下来再说。罗琳在无法解释时，才说出了这些年姚成田挣的一百二十多万全捐了，没想到冯彬发到了网上。

"我跟冯律师一再讲，叫他不要对外说的。"罗琳有些委屈。

姚成田已没兴趣再听罗琳解释，他指着他们俩共用的那张年代久远质量低劣的办公桌说："你收拾收拾里面的东西，明天就走！"

罗琳说："我不走。我不是有意要出卖你的，明天我找冯彬来跟你当面说清楚。"

姚成田从桌上拿起摩托车钥匙，根本不听她解释："你走不走？你不走，我走！"

罗琳失声大哭："我走！"

罗琳抹着眼泪，将抽屉收拾一空，两个账本，还有一张窑厂的银行卡和财务章交给姚成田，姚成田翻看了账本里的一堆捐款收据："你把这些收据烧了！"

总共有一百多张，罗琳拿过来堆到一个玻璃烟灰缸里，正要点火，姚成田说慢，有一张不能烧。于是，他们在一堆票据中翻了一个多小时，终于翻出了2009年的那张桑木榨油坊卖菜籽的收据。

烟缸太小，一百多张捐款收据后来是在屋内的砖地上烧掉的，窑厂八年的利润和"江淮好人"的证据在呛人的火焰中灰飞烟灭。

第二天一早，姚成田起床直奔罗琳宿舍。他想对她说："是我对不起你。你不要走了！"可罗琳宿舍的门敞开着，人不见了，一缕阳光照射进屋内，屋内的地上被割出了一小块光亮，而屋内大部分沦陷在阴暗中。

上早班的老周将姚成田刚点着的一支烟夺过来，塞到自己的嘴里，抽了两口，说："作孽呀，小罗的大好时光被你耽误了！"

过了几天，区委钱书记亲自登门，钱书记坐在屋里那张越来越破的沙发上语重心长："网上的东西不少是假的，可这些天回帖跟帖的那么多，纷纷站出来说，那个捐款不愿透露姓名的姑娘就是你姚成田窑厂的。庐阳就这么大，转弯抹角都是沾亲带故的，瞒不住的。你这种做善事不留名的精神正是我们这个社会所稀缺的，太典型了。'江淮好人'没一点问题！"

姚成田还是那句话："我没捐，一分没捐。"

"那你挣的钱呢？"

"没挣到钱，眼下工钱都开不出来了，先前挣的一些钱都还债了！前天去医院看老蒋，老蒋拉着我的手就哭，医疗费一天一千多，装假肢的钱也没有。"

钱书记跟姚成田打包票，区里负责将武祥彪的赔偿款提前执行一部分出来，如果法律上难度大，区里负责垫付受伤窑工的医药费。钱书记对他太好，所以姚成田就含混地说了句两可的话，眼下窑厂太乱，采访的事等忙过这阵子再说。

钱书记走后，姚成田的电话铃响了，他以为是罗琳打来的，可电话号码是一串莫名其妙的数字，按下键，姚成田吓得手直抖，他以为是鬼魂打来的，而电话里刺刺啦啦的声音说："我是赵堡！"

此刻，逃亡八年的赵堡在非洲津巴布韦。当年欠了三十多万高利贷和银行贷款的赵堡逃到广东，先是参与海上走私，又在索马里海盗船上混过一段日子，后来偷渡到津巴布韦跟人合伙开矿，挣的钱多得不能说，能说的是非洲的蚊子太凶了，受不了，所以想回祖国发展，把当年欠的钱都还了，赵堡在电话里很兴奋，问东问西，尤其问到窑厂是不是还在。而姚成田总觉得这个电话就是从坟墓里打出来的，一时脑子拐不过弯来，他什么也没说，挂电话时只丢下一句："老蒋腿断了，后半生你养着他！"

姚成田觉得这个电话如果不是鬼魂打过来的，窑厂那些受伤的窑工就有活路了，想到这，他居然有些轻松了起来，他甚至想在晚上月亮升起来之前，直视一次当空皓月，想归想，夜晚真的来临时，他还是把门窗封死，自己独自在密不透光的黑暗中一边抽烟，一边想象着未来的日子，未来的日子举步维艰。

窗外的月光几千年如一日，一成不变，月光下，田里的小麦正在疯长，河边的连绵不断的柳树在月光下抽芽，河水倒映着树的影子，纹丝不动。

16

罗琳走后，一个电话没打来过，也没发来一个短信，当然姚成田更不会主动联系罗琳，两个曾经朝夕相处的人突然间像是阴阳相隔了。在桃花盛开的四月上旬，姚成田终于收到了罗琳发来的一条短信："姚总，我与冯彬的婚礼定于4月22日中午11点58分在庐阳海

204

天大酒店举行，恭请您大驾光临！"

姚成田看着罗琳的短信，意思很清楚，但他却像看着一段外星球的文字，那些文字符号不断变形，一会儿是汉字，一会儿是天书，他是上午接到的短信，然后他手里捧着手机，整整坐了一天一夜，没吃没睡，老杨喊他去吃饭，他说胃不好喝水就行了，实际上水也没喝。第二天上午他好像脑子突然清醒过来了，也弄明白了短信的内容，但他没想好自己去还是不去。

罗琳离开了窑厂后，卷着铺盖直接去找冯彬，冯彬说他没在网上发过帖子，前不久刚离婚，心情苦闷，在朋友安慰他的酒桌上，喝醉酒无意讲漏了，被一个文化传播公司的朋友自作主张地放到了网上。罗琳说，就是因为你喝醉酒，我的饭碗被砸了，你说怎么办。冯彬说，你跟着我干，我马上要开自己的律师事务所，正缺人手。帮着冯彬筹备事务所的罗琳晚上没地方住，男女经验比较丰富的冯彬说："到我那儿去住！"这一住就住到了一张床上。律师事务所还没开起来，罗琳和冯彬的婚礼却办起来了。他们闪婚前后时间一个月，比起一个礼拜闪婚的，落后三个多礼拜。

罗琳和冯彬的婚礼很隆重，婚礼进行曲响起来的时候，一新一旧的两位男女踩着庸俗的红地毯缓慢地走向大厅，掌声雷动里，罗琳和冯彬脸上流露出无比夸张的幸福，姚成田看着眼前的一切像看着动画片，他悄悄地溜到大厅边角的一张桌子旁，想坐在一个不起眼的地方。刚一坐定，他发现胡文娟和王麻子也在这桌，正要起身，来不及了，脖子上吊着一根金项链的胡文娟主动跟他打招呼："你也来了！"王麻子将一只手搭在胡文娟肩头，挑衅地看着姚成田："是姚老板呀，最近窑厂生意不错吧！"姚成田敷衍着说了两个字："还行！"

漫长的婚礼程式走完后，夫妻俩挨桌敬酒，当罗琳和冯彬端着酒杯走到姚成田面前的时候，罗琳很感动地对姚成田说："姚总，真的谢谢您光临！"冯彬说："姚哥，你相当于我们的媒人，谢谢了！"王麻子见姚成田端起的是开水，就说："还不喝酒？"

姚成田婚宴没吃完，提前走了。他走的时候没跟胡文娟和王麻子打招呼，他出了门骑上摩托车直接去了公安局。

姚成田怀揣着刘秋兰卖油菜籽的收据投案自首，他交代了八年前4月28日晚的作案经过，警察觉得姚成田脑子出问题了，简直荒唐透顶，警察威严地逼视着看上去神情很不正常的姚成田："开什么玩笑，难道我们案子办错了？我们是相信你编故事，还是相信DNA呀？案子都过去八年了，案犯正在安心服刑改造，也没申诉。

你还是去精神病院看看大夫吧！"姚成田掏出了一张桑木榨油坊2009年收购油菜籽的一百八十块钱欠款收据："刘秋兰给我的，她叫我不要对外说她跟吴启春的事。我看不下去，喝醉了酒一瓶子扫过去，没想到把人砸死了，你们快放了吴启春！"警察反复看了收据后，说："你这上面没有刘秋兰姓名，怎么相信？"另一个警察说："再了解一下吧！"姚成田看到希望，又补充一句说："罗琳也知道这件事。"

三天后，警方补充侦查结论出来了，他们对姚成田说，桑木榨油坊说当年收购油菜籽的钱都兑付了，这是一张兑现过的收据，当废纸卖掉的有几千张。警方又去找了陶醉在新婚中的罗琳，问罗琳是否早就知道2009年4月28日晚上的案件和那张收据，罗琳回答得非常干脆："不知道！他从来没跟我说过。"

几天后，庐阳媒体果然集体报道了姚成田，不过，这次他不是"江淮好人"的候选人，而是因车祸横死于庐阳河里的一个醉驾者。在那个月光如水的晚上，姚成田骑摩托车栽进了庐阳河里，警方对姚成田进行了尸检，他体内酒精含量超标惊人，警方说最起码喝了有两斤烈性白酒。

姚成田没有亲人，老周、老杨、小徐等窑工们帮着将姚成田火化，又集体筹钱准备买一个廉价的骨灰盒，等到老周他们到殡仪馆服务中心准备办理时，工作人员说，有一个戴着墨镜的女人，提前为姚成田付了骨灰盒的钱，中档的，一千六百块钱。

又一个月后，穿着一身西装的赵堡回来了，他得知姚成田这么多年打理窑厂，为他还债，最后不幸酒驾出车祸身亡，很是伤感，他抱着姚成田的骨灰盒，动情地对着骨灰盒喊了一声："兄弟！"

赵堡问是谁跟兄弟姚成田喝了这么多酒，窑工们都说不知道，这八年来就没看他喝过一滴酒。赵堡在村里公共坟地安葬了姚成田，并且立了一块碑，碑上刻着"姚成田卒于2017年4月28日"。

这一年秋天的时候，一个中年妇女手里牵着一个小男孩来到村里找姚成田，几乎很少有人认出她就是顾小琴。顾小琴说她是来报案的，那个顾老头不是她父亲，而是拐卖她的人贩子。当年她患有间歇性精神分裂症，时好时坏，拐卖给姚成田做老婆后，又被浙江那个卖渔网的贩子贩卖到了浙江丽水山区，后被政府解救，送到精神病院治疗，现在病全好了，人留在精神病院做护工。她跟姚成田没有婚姻关系，但这个男孩是姚成田的，她想报案的同时顺便跟姚成田要一些孩子的抚养费，村里人看小男孩跟姚成田长得很像，尤其是鼻子，有点塌，村里人就对顾小琴说："你带孩子到姚成田坟上去磕个头吧！"

这时候，秋风起了，田里的稻子熟了，是个上弦月的日子，这个夜晚的月光已不再粉碎。

在风中漫游 🌙

A

风很大。不经意间，天就黑了，小宝觉得这扑面而来的黑暗是被风卷过来的，于是，他按了一下门窗中控，升起的茶色玻璃就将风和黑暗堵在了外面。

面包车里安静了下来。

小宝打开车载广播，广播里播报的通缉令只剩下最后两句：凶手强奸并杀害女导游后抢走一部红色手机和一个装有一千八百元现金的深棕色坤包，有知情者速与市刑侦支队联系，联系电话……

小宝一伸手关了广播，自言自语着："播来播去有什么用，还不早跑了！"

小宝打开车灯，灯光照亮了荒凉的乡村公路和公路两边的大叶杨，大叶杨的树叶在深秋的风中漫天飞舞，今年的寒流好像提前来了。

南原皮革厂的女式皮鞋据说出口后很受俄罗斯三陪

小姐欢迎，然而被皮革厂污染的河里，鱼虾在三年前一口气全死绝了，地下水从去年夏天起总有一股烂牛皮没煮熟的味道。眼见着皮革厂就没水做饭和泡茶了，小宝隔一天拉一车桶装纯净水送过来，皮革厂厂长喝着安全的水，嘴上的一圈小胡子激动得乱颤，为此他还送过一双残次品的皮手套给小宝。

十九岁的乡下孩子小宝在城里的碧溪纯净水公司打工。

送水这段路程足足有三十多公里，小宝想顺路带个人进城，给搭车人省点路费，自己一路上也有个伴说说话，可一年多过去了，没一个人拦他的车。

去年夏天一个空气沉闷的黄昏，小宝看到一个长得很像娟子的姑娘沿着公路匆忙地走着，小宝停下车问姑娘要不要搭车，姑娘抄起路边的一块棱角分明的断砖："你敢耍流氓？我男朋友是少林寺出来的，前面抽水闸那儿站着呢！"后来，小宝把这事跟娟子说了，娟子央求小宝："你不要乱带人，好不好？"

小宝想，人家搭不上公交车，顺路捎上一段，这又不是干坏事，怕什么呢？

今天天气太坏了，路上不会有人的，估计连一只蚂蚁都不会有。

小宝越想越远，越想越乱，这时，一只误入歧途的灰色野兔跳到了公路中央，小宝本能地踩了一个急刹车，车灯紧逼下的野兔竖着耳朵慌不择路地一头扎进了路边的水沟里，水沟里的蒿草已经枯了，一沟死水却源远流长，他有些担心野兔会被淹死，这么个鬼天气，跑出来干吗呢？

　　开车胡思乱想容易出事故，于是小宝又打开了广播，他想剩下的路上全心全意地听听音乐，差不多晚上八点半就能进城了。按键下的频道在跳过一系列卖药、寻人、招租、转让、征婚等糟糕的广告后，最终停留在音乐台的波段上。广播里正播放S. H. E的歌《不想长大》：

　　　　我不想，我不想，
　　　　不想长大，
　　　　长大后世界就没童话；
　　　　我不想，我不想，
　　　　不想长大，
　　　　我宁愿永远都笨又傻

　　小宝正在歌声中琢磨人为什么不想长大时，他看到路边一个男人面对着呼啸的灯光，拼命地挥舞着手中的一条毛巾。小宝停下车，打开副驾驶座的车门："外面风太大了，快进来！"

男人裹着一身冷风和满嘴烟味迅速坐在了副驾驶的位子上。关上车门，男人望着外面无边无际的黑暗，说了一句："窗外没有霓虹灯，太好了！"

小宝没听懂男人的话，他怕怠慢了搭车的男人，于是不假思索地就接了话茬："城里的霓虹灯一到天黑就乱蹦乱跳，晃得我眼睛发花，交通台每晚都报道东台区出车祸，你晓得吧？东城那块地方霓虹灯最多。"

男人用毛巾使劲掸着自己全身的风沙和灰土："城里不好，人心比霓虹灯还乱！"

小宝在灰沙呛人的气息中，侧过脑袋，他看到男人推一个平头，穿着一件与这个节令并不相称的军用棉袄，脸上有一种缺少睡眠的烦躁，小宝问："大哥，你去哪儿？"

B

长大后小宝才知道，爸爸是得阑尾炎死的，也是深秋的夜晚，爸爸从地里割稻子回到家，还没捧起饭碗，肚子疼得在地上直打滚，叔叔和妈妈用胶皮板车将爸爸拉到离家三里远的公路边，总共拦了十二辆汽车，没有一辆停下来，等到他们将爸爸拉到县医院时，天亮了，爸爸也死了，医生恼羞成怒地说："怎么能用板车拉病人呢，就是用拖拉机拉来，也不会出人命的呀！"

那一年，小宝九岁。

那一年，九岁小宝最大的理想是长大后开拖拉机。

爸爸死后，第二年春天妈妈跟一个走村串户收鸭毛的江湖骗子走了，从此下落不明。小宝跟叔叔一起生活，读到初中毕业死活不愿再读高中，他要用读高中的钱去学开拖拉机，叔叔说："要学就学开汽车！"

十八岁的小宝是揣着汽车驾照进城的。

在小宝懵懂的头脑中，进城开车与挣钱和发财没什么关系，他开车只是想在半路上捎上急需搭车的人，他对娟子说，只要开着车满世界跑，总有一天会遇到搭车人，说不定能碰到妈妈在半路上向他招手。"你说我妈会变丑吗？"小宝从怀里掏出妈妈的照片问娟子，娟子摇摇头："我也不知道。"娟子把这事跟爸爸说了，在城里建筑工地烧饭的娟子爸说："你要是再往刘拐岗跑，我就打断你的腿！"刘拐岗是小宝租住的棚户区，墙上到处写着青面獠牙的"拆"！

娟子跟小宝是一个村子的，从小学到中学都坐同桌，娟子不喜欢读书，她说见到书上的字就像见到饭碗里的苍蝇，小宝说他也是，见了书上的字像是吃了饭里的沙子，硌牙。娟子初中没毕业就来城里的建筑工地帮她爸烧饭了，小宝见娟子不读了，就对娟子说："混到中考一完，我就去城里开拖拉机！"那时候小宝只知道乡下没有霓虹灯，还不知道城里没有拖拉机。

娟子爸说小宝是个孤儿，从小没人管教，胆子太大，外面坏人那么多，他却整天开着公司的车一路上找搭便车的人，迟早会把自己的小命给搭出去的。娟子将爸爸的担心和恐惧用短信发给小宝，小宝回短信说："一年多了，没一个人敢搭我的车，好像人家怕搭我车搭丢了小命。"

现在，瘦弱的小宝斜了一眼副驾驶座位上的平头，平头身子结实得像榆树门板，块头比自己要大两三号，小宝想，尺寸明摆在这呢，他肯定不会担心自己安全的。小宝安慰平头说："大哥，你不用急，我保证先把你送到市一院，然后再回公司。"

平头说他爸要死了，正在市一院抢救，他去送救命的钱。小宝想起了死去的爸爸。

平头裹紧棉袄，嘴里吐出的声音比窗外的风还冷："我以为今天肯定没戏了，没想到你还真的停了车，多大了？"

"十九。"小宝觉得平头站在外面受了风寒，就打开了车内的暖风出口，发动机里的热气源源不断地吐了出来："大哥，你是第一个搭我车的人。我免费给人搭便车，可没人相信，还骂我。我爸就是人家不给搭便车，才死了的，死的时候眼睛都闭不上。大哥，你爸什么病？"

"心肌梗死。"

"外面风沙好大，要不要开快一些？"

"不用，医生说撑不了几天。"平头好像对他爸已经失去了信心，神情有些麻木。

小宝问平头："抢救心肌梗死要好多钱吧？"

平头点点头："你一个月挣多少钱？"

小宝说："八百，房租二百，中秋节那天给我叔买了一部手机，带照相的，一千八，工作一年多，才余下两千块钱。我是跟我叔长大的。"小宝平时一个人开车很寂寞，总算遇到个搭他车的人，一激动，说起话来就像油箱漏油，堵都堵不住。

平头也许正沉湎于父亲不可救药的绝望中，所以说话不多，他问小宝："纯净水的钱由你收？"

小宝说："是呀，起初王杠头怕我把钱弄丢了，不让我带回公司，可一年多了，每月结算一次，总共六万多块，我一分没少过。王杠头是厂长，为一毛钱能跟人抬杠两天，我也是听他们厂里人这么说的。他送我一双皮手套，是个次品。"

平头从口袋里摸出一支烟，点着火，车内迅速弥漫起苦涩呛人的烟草味："今天带钱回来了吗？"

小宝眉飞色舞地说："带了，这个月四千九。"他拍了拍胸前鼓鼓囊囊的夹克衫："都在这呢，王杠头非说我多收了他十一桶水钱，核对了四遍，是他算错了，我没错。"

平头突然拍了一下小宝的松软的肩，语气坚决地说了一句："停车！"

小宝踩住刹车，一脸茫然："大哥，你要干什么？"

窗外的风越刮越猛，无边的黑暗铺天盖地，整个世界像是沉到了海底。车灯在黑暗中切割出两束光亮，而光亮的尽头更加黑暗。

C

娟子跟小宝同年，也是十九岁。小宝住的刘拐岗棚户区离娟子烧饭的建筑工地不到三站路，没事的时候，娟子会偷偷地带一些铁锅里烤得焦黄的米饭锅巴给小宝吃，小宝在棚户区苍蝇乱飞的路边买上一大把烤羊肉串给娟子。娟子说工地上那个少一颗门牙的工头蒋大叔老是要带她去山里泡温泉，还说要送她一个MP3，"我不喜欢泡温泉，可我太想要一个MP3了，王力宏又出新歌了，不要太好听！我能不能跟他一起去泡温泉呀？"

小宝说："你问问他，多我一个行不行？"

娟子还没来得及问工头蒋大叔，娟子爸知道了这件事，他将手中的菜刀凶狠地剁到栗树案板上，眼珠子都快蹦了出来，他只说了两个字："你敢！"

娟子不敢了。她去找小宝，小宝站在自己那间墙上糊满了旧报纸的出租屋里说："年底老板给我发红包，我给你买一个MP3！"

娟子说："说话算数？"

小宝说："当然算数！你们工地食堂大锅里的锅巴真好吃。"

娟子说："明晚我再给你送。"这时娟子的手机响了，她努努嘴，示意小宝不要吱声，她接了电话："爸，我，我在惠民超市呢，工地边上。什么，你也在超市？"

娟子合上电话，脸色都变了。

小宝问怎么了，娟子说："我扯谎被我爸戳穿了，怎么办呢？"娟子吓得快要哭了。

小宝说："走，我陪你去见你爸，跟我在一起有什么不放心的！"

娟子苦着脸说："我爸就怕我跟你在一起，他说你胆子贼大，迟早要出事！"

D

平头拉开车门，纵身跳下面包车，他说："我想吐！"

小宝紧跟着平头跳下了车。

车外的风丝毫没有停歇的迹象，路边是一大片干枯的玉米地，玉米收净后，老乡们还没来得及砍倒玉米秆。平头蹲在玉米地边拼命地呕吐着，声音像是一头被宰杀的肥猪在垂死挣扎中哀嚎。小宝捶着平头僵硬的后背："慢慢吐，不要急！你受凉了，早遇到我的车，哪会翻胃呢。"

平头干呕了一气，什么也没呕出来，过了一会儿，平头突然站起身，一把死死地搂住小宝的脖子，而且越搂越紧，小宝感到喘不过气来，他很困难地挣扎着说："大哥，你抽筋了，转过身子，我背你！"

平头松开手，双臂搭在小宝瘦弱的肩上，在小宝转身后，平头被半拉半扛着上了车。小宝觉得平头比一麻袋玉米还要沉。车上坐定后，关了车门，风声就消失了。小宝喘着粗气，抓起座位上的毛巾递给平头："大哥，你把头扎上，会好受些。小时候我发烧头疼得要炸，我爸就给我扎上一条干毛巾，立马就不疼了。"

平头没接毛巾，他神情沮丧地说："我没发烧，中午酒喝高了!"

面包车在夜色苍茫中,像一枚呼啸的子弹,急速狂奔。小宝想着把平头快点送到他爸身边。

乡村公路有些颠簸,平头说心里颠得难受。小宝说:"那我就开慢些,怕你送钱晚了,耽误救你爸。有爸爸多好呀!我爸都死了十年了,死的时候才三十五岁。"

平头脸上松懈的表情绷紧了,声音显得有些仓促:"才三十五岁,比我还小一岁。"

小宝说:"我叔、我妈在路边拦到夜里十二点,拦了十二辆车,要么不停,要么就说不去县城,耽误了,我爸肠穿孔,路上就死了。"

平头进一步裹紧身上的棉袄,自言自语地感慨着:"真惨!"

小宝看平头似乎有些难言之隐,就毫无必要地问了一句:"大哥,你说你在窑厂掼砖坯,乡下窑厂,挣的钱不会多,是不是抢救你爸的钱不够?"

平头侧过脸,看着小宝:"你打算借钱给我?"

小宝说:"我身上的钱是公司的,不能借给你;你要是不够的话,我结余的工资有两千块钱,我可以借给你。"

平头说:"你就那么相信我,不怕我以后不还?"

小宝说："你把身份证地址、电话号码留给我，你又不会跑到外国去掼砖坯，对不对？"

平头说："那我的身份证要是假的呢？"

小宝说："不会的。用假身份证的人怎么会花钱给他爸治病呢？"

平头说："用假身份证的人，根本就不会有一个生病的爸爸躺在医院里。你听明白了没有？"

小宝有些疑惑，摇了摇头："没听明白。"

平头说："这世道太乱了，你没听说前几天市里发生过一桩抢劫、强奸的杀人案吗？"

E

那天工地的黄昏异常宁静，脚手架和高楼的骨架浸泡在夕阳温暖的余晖中，纹丝不动。小宝给附近的一家专给猫狗看病的宠物医院送完水，准备回公司，见工地上的民工正开晚饭，他停下车，在大铁锅米饭的锅巴香味的指引下，找到了娟子。娟子跟她爸在给民工们打饭盛菜，他看到娟子的鼻尖上都冒汗了。娟子见到小宝，没说话，从锅底铲起足有两只鞋底大小的锅巴迅速塞给小宝，并用目光示意他快走，小宝没理会，接了锅巴后对娟子爸说："根叔，要不要我帮忙呀？"

娟子爸头也不抬地剋了他一句："你不要在这添乱好不好？"

小宝很夸张地将嘴里的锅巴咬得"嘎喳嘎喳"直响，他对蹲在地上埋头吃饭的一群民工说："你们谁要逛四牌楼的，我顺便捎你们过去。顶多坐七个人，超载交警逮到要罚款。"

民工没人反应，小宝说："我是免费的！"

那个尖嘴猴腮的民工显得比别人要精明得多，他将最后一口饭扒进嘴里，站起身用筷子指着小宝说："刚刚听的收音机，说这城里的免费体检、免费照相、免费抽奖、免费听讲座，都是假的。"

另一个戴着眼镜的民工看上去比较有文化，他凑过脑袋认真地推敲和分析着小宝的表情，然后语气平静地问："你是不是姓雷？"

小宝说："我不姓雷。"

眼镜民工说："这就对了嘛，你又不是雷锋，还专门跑到工地上来做好事？带到城里后，你会说不收费，但各位给点油钱就行了。"

小宝说油钱也不要，民工们都笑了，小宝在民工们的嘲笑声中钻进了送货的面包车，他很生气，发动车子后，对着窗外一群民工莫名其妙地喊着："我叔要给驾驶员油钱，可驾驶员就是不肯带，我爸半路上就死了。"

没有一个民工听懂小宝说的是什么，娟子问爸爸："小宝说的是真的吗？"

娟子爸说："你别听他胡说八道，他爸就是用飞机送到县医院，也是死。他爸死了，他妈跑了，这孩子没心没肺的，脑神经有问题，别跟他来往，听到没有？"

F

平头跟小宝提起前几天那桩抢劫、强奸杀人案时，说话的气息抽筋似的痉挛，像是杀人案就在车里发生过一样，小宝轻描淡写地说："你搭车前广播里还播了通缉令，没用，到哪儿去抓人。大哥，你说这案子要是你犯下的，你还不早就远走高飞了，对不对？"

平头这次全身真的抽搐了起来，他紧张地说："兄弟，这话可不能乱说，你看我像犯案的人吗？"

小宝说："不像。你一个乡下烧窑、掼砖坯的人，哪敢杀人？我是打个比方。"

平头说："我连鸡都不敢杀。"

小宝接过话头："我也不敢杀鸡。娟子说不敢杀鸡的人，敢杀人，但我知道，这是根叔吓唬她的。"

这时，平头棉袄口袋里的手机响了，平头掏出手机，接电话的声音压得很低，小宝听到平头说："说实话，我还没做好心理准备。"

听了这话，小宝的心一下子提到了嗓子眼，方向盘不经意间打了一个偏，他稳住方向，抖着声音说："大哥，是不是你爸不行了？你一定要想开些，我九岁就没爸爸了。"

平头掐了电话，目光紧盯着面包车前面空空荡荡的乡村公路，他无动于衷地说了一句："我爸还没死。"

小宝松了一口气："这电话谁打来的？你爸没死就叫你做好心理准备，太不像话了！"

平头不接小宝的话，他很陡地说了一句："你长这么大，就没遇到过坏人？"

小宝说："哪有那么多坏人，广播、电视、报纸上每天不是杀人放火，就是抢劫强奸，我从来没遇到过，我遇到的都是好人。"

平头沉默了一会儿："不过，你还小，分不清好人坏人。"

小宝抢上去说："能分得清，你是好人，那些不让我爸搭车的驾驶员就是我遇到的最坏的人。"

平头说："你怎么知道我是好人？"

小宝毫无道理地解释说："一个人一辈子顶多遇到一次坏人，我已经遇到过了。"

平头的手机又响了，他将电话贴在棉袄领口里面，小声地嘀咕着，小宝听到平头的最后一句话是："没你想的那么简单。你让我再考虑一下！"

小宝自作多情地插上话说："大哥，你要是缺钱的话，我劝你不要再考虑了，一进城，我就把卡上的两千块钱借给你，要是还不够的话，我明天问问娟子身上有没有钱。"

平头的手机又响了，他打开手机直截了当地说："你催什么催，我给办了不就得了，都他妈一辈子，你又不会活上两辈子！"

小宝听着这话觉得有些不对劲，究竟什么地方不对劲，小宝大部分心思要用来开车，他想不透，于是对平头说："大哥，你就是遇到再不顺心的事，也不能骂人，对不对？你有什么难处，只要我能帮得上的，我二话不说！"

平头沉默不语，面包车行进到一处柳树林地带时，他突然对小宝说："停车！"

这时，窗外的风已经停了。路边的柳树林里一片寂静，天上漏出点点星光，像是一些警惕的眼睛在注视着从面包车里走出来的平头和小宝。

G

小宝跟着平头下车后，他问平头是不是又想吐："我一直没闻到你身上的酒味，酒劲差不多过去了吧？"

平头搂着小宝想往树林深处走："走，到前面去透透气，车里闷得慌！"

小宝说："是你心里闷得慌，对不对？既然你吐不出来，我们还是快点赶路，你爸肯定等得很急。"

枯败的柳树林一动不动地站在夜色里，像是埋伏在黑暗中的特务，远处已能看见点点灯火，好像已经到城郊了。

平头松开小宝，疾走几步，与小宝拉开几米距离，他扶住一棵柳树，叫小宝站住不要动："兄弟，我心里实在堵得慌。你说，从你那儿到我这儿隔着几棵树？你说对了，马上就上车！"

小宝一头雾水："天太黑了，看不清，我要是说错了呢？"

平头踢了一脚黑暗中的柳树，坚硬的树干无动于衷："说错了，就不上车。"

小宝说："是你不上车，还是我不上车？"

平头很生硬地说："都不上车！"

小宝在黑暗中笑了："难道我们在这过夜不成？我猜七棵！"

平头沉默了一会儿，说："你要是反悔也可以，我们现在就上车，不猜了！"

小宝说："我不反悔，你们在乡下烧窑，很苦的，经常猜数字玩，对不对？"

平头说："这可是你要猜的，猜输了，怪不得我！"

小宝说："怪你干吗，愿赌服输！"

平头从对面的黑暗中慢慢地向小宝走来："一、二、三、四、五、六、七。"平头迟疑了一下，说了个"八"，站在了小宝的面前。

小宝说："我输了！我可以不上车，但你不能不给你爸去送钱吧？"

平头一声不吭地站在小宝面前，看不出他脸上是什么表情，小宝只听到平头的呼吸声像是从风箱里拉出来的，又粗又急。

过一会儿，平头说："我再重数一遍。"说着就反身往回走去："一、二、三、四、五、六、七。"平头声音很振奋地喊着："正好是七棵，你赢了！"

小宝觉得平头很善解人意，怕自己输了影响心情，就故意让他赢："大哥，现在伸手不见五指，你原先站在哪棵树下，你记得吗？"

平头走过来拉起小宝的手说："兄弟，时间不早了，我们走吧！"

灯火越来越亮，不久，车窗外就有霓虹灯活蹦乱跳了起来，小宝说："大哥，进城了！"

面包车急速行驶中，平头的脸被窗外的霓虹灯切割成五彩斑斓的碎片，直到面包车被卡在一个亮着红灯的十字路口，小宝才看清了平头的后脑勺上有一绺足足五寸长的刀疤，脸上看不出窑厂里烟熏火燎的迹象，平头在城市明亮的灯火下，很像他们公司里的那个物流部部长。

平头的眼睛总是东张西望地盯着窗外，嘴里说："我讨厌霓虹灯！"

小宝说："霓虹灯有些晃眼。市一院拐过前面的长江东大街就到了。"

平头说："这么快就到了？"

小宝说："医院你没来过？"

平头说："来过的，记不清了。霓虹灯太晃眼！"

面包车在市一院蹦跳着绿色霓虹灯的大门口刹住了，小宝一脸轻松地说："到了。娟子老是怕我遇到坏人，我跟她说搭我车的坏人还没出生呢。"

平头笑了笑，拉开车门下车，他对小宝说了声：

"兄弟，谢谢你了！以后开车不要什么人都带！"

小宝正要说"难道带你带错了"，话还没说出口，只见平头关上车门后，一转身，军用棉袄后面掉下一把二尺多长的杀猪刀，杀猪刀流露着一股冷冷的寒光和杀气。

小宝吓得差点一脚蹬到了已刹死了的油门上，面包车像是被掐着脖子在原地一阵暴跳如雷，他一时脑子没拐过弯来，头上冒出了冷汗。

平头弯腰捡起杀猪刀，迅速塞进棉袄后面，他将头伸进车窗里，和颜悦色地对小宝说："兄弟，吓着你了！杀猪刀防身用的，城里太乱，前几天的杀人案还没破，我们乡下人总是被城里人欺负。"

小宝如释重负地叹了一口气："我还以为遇到坏人了呢。"

平头说："还是当心点好，兄弟，谢谢你了，再见！"说着就快步如飞地走进医院玻璃大门内，进门后，一眨眼，人不见了。

小宝心情很好地给娟子回了一条短信："终于有人搭我的车了，安全送到了市一院。"

发完短信，小宝松开刹车，一踩油门，面包车像一条快活的鱼钻进了城市的灯海里。

H

小宝将车开回公司已是晚上九点二十分，物流部部长郭标听小宝沾沾自喜地说了一通自己助人为乐的事迹后，鼻子都气歪了。"你他妈的胆大包天，竟敢用公司的车干私活！"

小宝本以为要被表扬一番的，没想到当头一盆冷水，泼得他手脚冰凉，他争辩说："郭哥，郭部长，我跟你说过了，没收人家一分钱。人家是从乡下送钱到医院给他爸救命的。"

郭标是公司裘总的小舅子，号称公司的二当家的，他拿出二当家的权威拍响了桌子："你还嘴硬，没收钱？你以为你是雷锋借尸还魂了？我再问你，你要是捎了一个抢劫杀人犯，半路上把你卸成八块，怎么办？你死了也就罢了，公司的车十几万一台，被劫了，找谁赔去？"

饿极了的小宝狼吞虎咽地啃着饭盒里的冷馒头，一嘴含糊地说："那人家要是得了重病，急等着送医院抢救，也不带？"

郭标斩钉截铁："不带！急救有120。你回去写个检讨交给裘总，保证以后不再犯类似的错误，听到没有？"

馒头噎在小宝的喉咙里，他很困难地点点头，既像是表示同意，也像是表示听到了。

小宝一直没交检讨，也没人追着要，此后的日子里，小宝再也没遇到过一个半路搭车的。小宝对娟子说，他不会主动停车捎上路人，但要是路人招手拦车，他还是要停的。"平头下车的时候，对我说了好几遍谢谢!"

娟子说："平头身上揣着杀猪刀，路上还要你两次停车，这像是要去医院救他爸的吗?"

小宝说："我开始也有点想不通，后来我就明白了，他爸虽活不长，可也不是当天就要死，平头心里难受，加上中午喝了点酒，才要停车的。"

娟子说："工头蒋大叔说，我跟你在一起没有安全感。"

小宝说："你怎么能跟工头说这事，你去山里泡温泉了?"

娟子从口袋里掏出一个MP3，喜形于色："没去泡温泉，去百货大楼遛了一圈，这是蒋大叔送的，你看，棒极了，里面下载了三百多首歌，在一休网吧下的。要不要我借给你听几天?"

小宝有些无名的恼火："我不听。你凭什么要蒋大叔的MP3?"

娟子反击："你说年底用老板发的红包给我买一个

MP3，那我又凭什么要你的？"

小宝一时回答不上来，他说："你爸晓得蒋大叔送你东西吗？"

娟子说："不晓得，他要是晓得了，还不把我脑袋拧下来当水瓢，你又不是不知道，我爸太凶了。"

小宝在工地见过工头蒋大叔，头顶上几缕稀薄的头发欲盖弥彰地掩饰着光秃秃的脑袋，被香烟熏黑的嘴里还少了一颗门牙，身上终年缠绕着死鱼的气息，他全部的底气来自腋下塞满了钱的皮包。小宝对娟子说："我要告诉你爸。"

娟子害怕了，掏出口袋里的MP3："我还给蒋大叔去，你千万不能跟我爸说。"

小宝拉起娟子的手："走，现在就去还，我跟你一起去！"

娟子甩开小宝的手："去就去，反正我已经听过好几天了，不听了。"

初冬的夜风冰凉，在一个缺少霓虹灯的茶楼里，娟子和小宝找到了正在打麻将的工头蒋大叔，工头蒋大叔说："这是送给你的，好几百块呢。"

娟子说："太贵了，借了听听就行了。"她把火柴盒大小的MP3塞到工头手里："谢谢你了，蒋大叔！"

还没等工头反应过来，娟子拉着小宝的手一溜烟跑了。

来到灯火辉煌的大街上，娟子突然对小宝说："我们去医院看看平头的爸爸，好不好?"

小宝说："走，现在就去，我早就想去了，可每天送货回来都很晚。"

到了医院门口，娟子问小宝："平头的真名叫什么?电话号码是多少?"

小宝愣住了。

I

这年冬天的第一场雪铺天盖地，城市被连天大雪捂了个半死，小宝送水来回的乡村公路上每天都有车辆四脚朝天地翻在路边或趴在路边的水沟里，小宝却每次都安全归来。裴总说小宝车技真好，等公司做大做强了，就让小宝给他开专车，专车最起码是劳斯莱斯。小宝被空头支票煽动得热血沸腾，他对娟子说："我本来的理想是开拖拉机，没想到裴总叫我给他开劳斯莱斯，据说英国女王也坐这个牌子的车。"

娟子问："你检讨还没交呢，就让你开'老子来死'，哪天去开?"

小宝说："不是老子来死，是劳斯莱斯。"

冬天的晚上天很冷，他们在街边的一个烧烤店里边吃烤羊肉串，边说着闲话，这时吊在墙上的电视机里正在播放法治新闻，当镜头对准法庭上戴着手铐的抢劫犯时，小宝手里的羊肉串僵在半空中，眼睛都绿了："是他，肯定是他！"

"是谁?"娟子问。

小宝的目光继续咬住屏幕："是他，是平头，没错！"

第二天小宝在市里送水，他跟小虎私下里对调了一下，小虎替他送屠宰场，小宝改送市中级人民法院，交换条件是小宝买一个半斤以上的烤红薯给小虎。小宝将一桶桶纯净水扛到市中院的每个办公室，他在每个办公室里都问着同一个问题："那个叫曹山镇的抢劫杀人犯，头后面是不是有一块刀疤，差不多有五寸长?"

每个办公室的法官们都觉得这个嘴上没毛的小送水工很好笑，他们都善意地说："法庭不会根据他脑后面是不是有刀疤来定罪，我们真没注意到。你打听这干什么?"

小宝说："不干什么。他很像我那天晚上开车路上带的那个人，一模一样，也是平头。"

热心的法官喝着小宝送来的纯净水，又深入了解了具体细节，大家一研究，都说："你看错了，完全不可能。你身上有四千多块钱，而且又是月黑风高、人迹稀少的乡村路上，如果是曹山镇的罪犯，早把你杀了。这个凶残的杀人恶魔欠下三条人命，其中有一桩案子，为了抢二十多块钱，就把出租车司机给杀了。"

听法官这么一说，小宝也觉得有道理，所以他就强迫自己承认，肯定是看错了。

娟子看小宝好多天都絮絮叨叨的，一会儿说看错了，一会儿又说肯定是平头，就劝小宝："你以后不要再半路带人了，都快把你缠成神经病了。"

小宝后来又去过一次市中院，他问能不能让他见一下曹山镇，法官说这不行。一位心地善良的女法官告诉小宝，元旦前要枪毙一批罪犯迎新年，曹山镇执行死刑的日子是12月29日，"到时候你去北郊刑场，就能看清楚了，要是靠得近的话，甚至能看到他脑后面有没有刀疤"。

就在小宝准备再次跟同事调整送水班次去刑场的时候，裘总将小宝叫到办公室，平静而严肃地说："你用公司的车子随意半路带人，对个人生命，对公司财物，极不负责；擅自调班，到法院打听案件，严重损害公司形象。公司早有明文规定，送水是服务性工作，不得对客户正常工作有丝毫的影响，更不允许形成干扰。"

小宝这才想起自己确实违反了公司的规章制度，于是低着头诚恳地检讨说："裘总，我错了，下次我一定改。"

裘总说："没有下一次了。我已经跟财务打过招呼了，多发你一个月工资。你还小，还不太懂事，将来找到新单位后，说话做事不要像大街上的霓虹灯一样，乌七八糟地乱蹦一气，一定要先用脑子想一想。"

垂头丧气的小宝对娟子说，他要离开这座城市，去南方打工。娟子说："工地完工了，我爸见蒋大叔老来找我，他说城市里太乱要带我回老家种地去。"小宝说："你答应了？"

娟子说："我没答应，也没不答应。我跟你一起去南方打工，好不好？"

小宝说好。他们约好了12月29日一起去刑场，不管曹山镇是不是平头，看完枪毙死刑犯，当天就走。

12月29日那天清晨，一起床，小宝就给娟子打电话，一直打不通，到了八点半，还没联系上，小宝以为娟子睡过头了，就一个人赶往刑场，等他坐摩的赶到北郊一片茫茫荒草甸子时，死刑已执行完毕，罪犯的尸体早就运走了。小宝抬起头，看到冻得硬邦邦的天空有几只乌鸦在盘旋，它们不遗余力地在寻觅着地面上的血腥。

小宝的心情很落寞，在回城的路上，他拼命地给娟子打电话，还是无法接通。

小宝直接去了娟子打工的工地，工地上空空荡荡，小宝摸到娟子和她爸住的活动板房，也是空的，一个看工地的老头缩着脖子，嘴里咬着半截香烟，见了小宝就说："没有旧钢筋卖！"

小宝说："我是来找娟子的，不是收破烂的。"老头麻木地说："娟子昨晚跑了，她爸急得都要疯了，连夜出去找了，到现在也没回来。"

这天晚上，小宝在出租屋里收到了娟子发来的一条短信："我到海南了，蒋大叔给我安排好了工作，不要找我。"

小宝急忙回拨过去，电话已关机。

小宝从没有温度的出租屋里走出来，屋里太冷，他突然想喝酒，于是他手里攥着上次娟子吃剩下的半包花生米，来到了棚户区小卖部的柜台前。小卖部老头认得小宝，热情地招呼说："这大冷天，就着花生米喝酒最得劲，要二锅头，还是烧刀子？"

小宝看着杂乱无章的货架，哆嗦着嘴唇说："大爷，娟子会出事吗？"

"娟子是谁?"老头愣住了。

　　这天晚上，一轮圆满的月亮悬挂在深蓝色的夜空里，如同一面古代的镜子。

对谈：与内心谈判，为灵魂活着

江　飞　许春樵

　　江飞：首先问您一个题外话，在一个被名利深度诱惑的现实背景下，您觉得小说家写作的动力是什么？

　　许春樵：小说家写作是因为对生活、对情感、对世道人心有话要说，这个要说的"话"，是小说家与众不同的发现，是小说家全新的思考和判断，所以，控制不住地要用小说"说"出来，这就是原动力。在我看来，写小说，首先是小说家的内在冲动，其次是想跟读者进行情感、认知、灵魂交流，想让读者在小说中读出不一样的现实和人生。小说虽在名利场中，但名和利不是小说写作的目标。

　　江飞：我也是这么认为的，对自己写下的每一个字负责，远离世俗的温暖与利益，应该是小说家的基本操守。在这之外，我想跟您探讨的是，您很看重小说的独立判断、认知价值和思想力量，那么小说如何才能抵达这一境界呢?

许春樵:靠故事,靠人物。读小说就是读故事,就像读诗歌不是为了读故事一样。翻开小说,得给读者一个好的故事。好故事就像一片好风景,好人物就是一个好导游,这两者的默契配合,才能把读者带进"小说景区",不然,读者不愿走进小说,你所有独特的发现、深邃的认知、深刻的思想也就失去了根基。阅读,尤其是后现代阅读,有着很强的惰性,小说首先得满足读者好奇的天性,用一个好故事把读者套牢。你看菲茨杰拉德的《了不起的盖茨比》的故事多好。

江飞:这也是我对您这本小说集《月光粉碎》的整体印象——故事好看,情节戏剧性很强,人物鲜活,接地气,有质感。最为难得的是,这本集子里的每一篇小说,故事走向都充满了不确定性,都超出了读者的生活经验和阅读预期,故事的"陌生化"给阅读带来了惊喜、惊奇、惊艳。

许春樵:我一直有个固执的念头,好故事不能让读者看出情节走向,更不能让读者轻易预判到故事的结局。如果让读者看透看破了,我将视其为失败的写作。所以小说集中《麦子熟了》《月光粉碎》《遍地槐花》等,读者即使看到最后一节,也无法判断出结尾是什么。

江飞:可您早年是写"先锋小说"的,"先锋小说"

是"反故事、反人物、反情节"的，从"反故事"到"故事为王"，这个一百八十度的转弯，很陡，您是怎么理解，又是怎么做到的？

许春樵："先锋小说"在中国新时期文学中属于"文学实验"，与西方现代派小说一样，是在探索小说有没有其他可能性。新时期"先锋小说"由于缺少事实上的现代性准备，也没有现代哲学、现代文化、现代审美趣味的支撑，所以没走多远，就停下了，但它对中国传统小说的叙事改造，具有革命性的意义。传统的"三言二拍"式的白描叙事遭遇了大幅度的、破坏性的修正。

小说回归故事，这并不难。回过头看十八、十九世纪欧洲的小说，其基本逻辑是，没有故事就没有小说，小说故事有技术可学，有套路可寻。按欧洲经典的"故事语法"去设计小说，托马斯·哈代、托尔斯泰、巴尔扎克、欧·亨利式的传奇故事是可以做到的。

江飞：回到今天对话的主题——"与内心谈判，为灵魂活着"，您在前面也说了，小说是要通过故事实现与读者精神、情感与心灵的交流和对话。我想问的是，有了好故事后，怎样才能让小说打动人心，触及灵魂。

许春樵：靠小说家的真诚。真诚才会付出真心、真情，这看似一个常识性的问题，却是许多作家一直没有解决的问题。倒不一定是作家缺少真诚的态度，很多时候是作家对要写的故事和人物缺少准确的理解与深刻的体验。

江飞：是的，平时阅读中，时常读到那些漏洞百出的故事和言不由衷的抒情，读的过程中很别扭，明显能看出作家没有掏出真心，没有付出真情。他们也许不缺技巧，却缺了最为重要的真诚，我以为，作家是在真诚中发现了生活的真相，在真诚中刻画出了真实生动的人物形象，在真诚中实现了与读者的情感交流、灵魂对话。

许春樵：您说得很准确，很专业，确实是这样。写故事是为了演绎世道人心，故事呈现的是世道，人物立足于人心，有了好故事后，将小说人物写活、写准、写透是小说的重点所在，也是难点所在，难在故事好编、人心叵测。人物形象能不能立得住，不是写得像不像，而是真不真，这个"真"是对人物内心世界的精准把握，精确呈现，是作家内心真诚和情感真实的共同发力。如果没有真情实感，作家和笔下的人物肯定是分离的，是隔膜的，写作者虚情假意，读者自然拂袖而去。

江飞：您从早期具有先锋意味的小说"季节系列"，到向现实主义经典致敬的"男人系列"长篇（《放下武器》《男人立正》《酒楼》《屋顶上空的爱情》），再到近期的长篇小说《下一站不下》，在我看来，一个最重要的特质，就是小说写得极其诚实、诚恳、诚心，也就是"真诚"，嬉笑怒骂、悲悯恻隐都凸显出您在情感上与小说中人物无缝对接、高度融合，在我的阅读体验中，能明显感觉到您与笔下的人物"心心相印"。可不可以这样说，您的小说从先锋向写实沉降，从干预现实、批判政治向"以人为本"收拢，越来越"走心"，越来越接近文学的本质，最直接的推动力就是发自内心的真诚。是真诚带来了逼人的真实，听说您的小说常常被读者对号入座。

许春樵：是的！我把小说中的人物当作是我自己、我的父母兄弟、我的同学朋友，我不是小说中人物的代言者，而是人物自身。与其他作家比，我写小说相当慢，如果没能找到跟小说人物混为一体的感觉，我是不动笔的。所以，就有读者问《遍地槐花》中的赵槐树是不是我，最后在杭州有没有找到暗恋了四十年的女生；还有人在看了《麦子熟了》后，怀疑我跟打工妹一起生活过，当年我写《找人》，北京的一个基金会通过杂志社要了我的号码，电话里强烈要求给小说主人公"小毛"捐款，希望我提供"小毛"的真实姓名，并承诺为"小毛"保密。小说是虚构，是"造假"艺术，这个假，不是假酱油，假皮鞋，而是要把假的人物塑造得比真的还要真，这就需要作家真心、真情投入，作家内心到位了，假的也就成了真的；如果内心不到位，生活中是真的，小说中却成了假的。

江飞：如此说来，小说"走心"应该包含三个维度，一是作家付出了"真心"，二是洞悉了人物的"内心"，三是打动了读者的"芳心"。在这三个维度里，我觉得洞悉小说人物隐秘的内心难度最大，也最见作家功力。人性的丰富性和复杂性共在，被遮蔽的真实生活和人性真相如何揭示出来，考验着作家的想象力、观察力和对生活的领悟力。比如，这本集子里的中篇小说《月光粉碎》，姚成田杀人后八年里的人性挣扎、灵魂灾难、自我救赎，笔墨深入到人物的骨髓深处去了，读来震惊的同时，是心灵的久久不能平静。在您的创作实践中，您是如何把握并挖掘出人物内心世界的？

许春樵：小说说的是故事，目标是写"人"，故事是为人服务的，"以人为本"是小说的核心。小说不能解决物质问题，但要想办法解决人心的问题，人心确实最难把握，最难靠近，可小说必须深入人心，必须抵达灵魂的纵深地带。

小说里的生活不是敲锣打鼓、歌舞升平的生活，小说里密布着无奈、无常、无助的人生，通俗点讲，小说面对的是"不如意的人生"，小说里的生活属于"有难度的生活"，有难度的生活之下是"有难度的人物"与

"有难度的写作"。小说忌讳脸谱化的人、单向度的人、扁平化的人，作家要把生活中人性的受伤、心灵的挣扎、精神的溃败、道德的沦陷写准、写深、写透，就得将人物内心世界微妙、丰富、复杂的变化把握准确，体验到位。我的个人化的处理方案是，写小说的过程中，我把自己当成演员，演小说中的人物，比如闹离婚怎么闹，追女孩怎么追，失恋了是怎样的痛苦，设身处地，仔细揣摩。进入特定的情境后，人性透亮，人心见底，小说中人物说什么、做什么、姿势、动作、语气，全都有了，我把这个写作方案叫作"本位性体验"。说老实话，做到这一步，还是很难的，比如中篇小说《麦子熟了》的主人公麦叶是女性，一个极其复杂的打工妹，我用了一年半时间，才给《人民文学》交稿，原因就是我一直在找闭塞环境里女性压抑、迷失、挣扎、沦陷的感觉，找准了，小说就写出来了。

江飞：接着您刚才的话题，我们来聊一聊中篇小说《麦子熟了》。您说前后写了一年半，原来是为了把人物内心和情感找准，在这种意志下写小说，感觉您不只是对每一个字负责，而是对每一字的每一个偏旁部首都很负责，所以用别人写一部长篇小说的时间写了一部中篇小说。

在您的有关文章中，我看到了您清晰的文学立场：

"文学必须是'以人为本',而不是以故事为本,以立意为本,以主流意识形态为本""文学应当揭示隐秘真相背后的人性的坚守、挣扎、受伤、分裂、异化与毁灭,而不是表达公共价值和流行判断"。在这一点上,我觉得《麦子熟了》非常具有代表性,因为它不再是直接表达某种政治激愤或正面干预某种社会现实,而是着力写人,写麦叶、耿田、麦穗等底层小人物的心理、情感和命运,写他们在现实语境中作为一个"人"的人生际遇、人性走向以及出路,具有了一种内敛的现实主义力量和人道主义精神,读起来更温和,更凝重,更靠近人心、人情、人性,由此反倒间接强化了一种社会批判的指向和力量,真正践行了"文学是人学"的本质要求。

许春樵:是的!我写小说,不是从一个既定的、现成的生活现场提供一个公共认知,《麦子熟了》不是写打工妹的一夜情,而是一夜情诱惑之下人性的挣扎、撕裂,道德的抵抗和瓦解,将生活悲剧推升至人性悲剧,将现实的无奈延伸至人生的无常。在小说意义的阐释上,《麦子熟了》极其容易被误解,我看到过不少评论说麦叶是一个贫穷寂寞却坚守道德的女性,因为麦叶跟勾引她的男人耿田没有发生肉体关系。这恰恰理解反了,这个小说的独特站位在于,麦叶虽然身体没有出轨，但她精神上、情感上已经出轨了。

江飞：我觉得被误读也很好，误读符合对文学歧义、含混、暧昧的性质描述。比如有评论者言："这是一个离乱、苦楚中力图有所守护、安慰的故事，也是一个关于传言对实情扭曲甚至残害的故事。"事实上，麦叶所谓的"守护"是无力苍白的，尽管她顽强地克制着身体的欲望，却克制不住精神的出轨，在与耿田你来我往的过程中，她的心灵得到慰藉，情感的天秤自然而然地发生了位移，哪怕世俗的道德压迫和丈夫的暴力殴打，也不能阻挡她对耿田的依赖、负疚和忏悔。正因为如此，她才会在丈夫故意撞死耿田后异常固执地告诉律师"耿田没有错"，才会在清明节带着女儿来到耿田的坟前。从某种意义上说，她所守护的并非贞洁，而是不容于城市或乡村的在特定境遇中形成的人与人之间真挚而卑微的心灵相惜和情感共振，而麦叶、麦穗、麦苗等人的悲剧，既是底层女性的控诉，也是现代化进程中的人性挽歌。

许春樵：您的解读，正是我的写作立场，这部小说无疑是对传统价值观和道德理想主义的反省和颠覆，您分析到底层社会的人性苦痛和现代化进程中的人性受伤，是对小说价值的重要升级。

江飞：人性的苦痛和灵魂的挣扎是您小说探索的方向，《月光粉碎》里明显流露出托尔斯泰基督教人道主义的精神向度，是一个无常与无奈的故事，更是一个忏悔与救赎的故事。托尔斯泰《复活》里的聂赫留朵夫最终跟玛丝洛娃一起踏上了流放西伯利亚的征途，他以自己的倾家荡产和共同受难，为自己的过错忏悔，为自己的灵魂赎罪。您笔下的姚成田的后半生都被2009年4月28日晚上的月光粉碎了，酒后失手杀人的他，没有等来法律的审判，却始终活在自己对自己的良心审判之中。他把办窑厂挣来的一百二十多万用于替砖窑厂老板赵堡还债，给乡里乡亲捐款，他远离胡文娟、罗琳等爱他的女人们，一系列的"善举""隐忍""克己""牺牲"，并没有完成他的精神救赎和灵魂上岸，苦苦挣扎了八年之后，姚成田最终以肉体的毁灭，兑换了灵魂的复活。

许春樵：改革开放四十年，一个不争的事实是，整个社会获得了巨大的物质飞跃，可在铺天盖地的灯红酒绿、觥筹交错的光影背后，这片土地上的芸芸众生究竟付出了怎样的精神成本和灵魂代价，是每个作家必须关注和思考的时代责任与历史使命。《月光粉碎》和《麦子熟了》一样，都是在探索历史转型期物质挤压下人的精神危机、情感撕裂和灵魂沦陷。这在欧美文学中，是一个普泛性的文学命题，在中国文学史中，却是一片巨大的空白，也没有形成当下中国作家足够的文学自觉。我们过于纠缠是否拥有了啤酒面包、豪宅靓车，而忽略了追逐物质财富过程中的人性受伤、人格扭曲、人伦崩溃。当人向外活，而不是向内活的时候，作家就得走进人的内心，把人的心灵世界里种种挣扎和无奈揭示出来，并引领茫然失措中的人"与内心谈判，为灵魂活着"。

江飞：您的小说是有明确精神站位的，时代意义和深度价值贯穿小说的始终。我觉得，《月光粉碎》似乎是《男人立正》的姊妹篇，姚成田与陈道生都是普普通通的底层人物，却有着高尚坚毅的道德理想和人道主义精神，同样都用八年时间完成了精神救赎，捍卫了灵魂的尊严。您在这两个平凡甚至平庸的男人身上寄寓了深切的同情悲悯和精神赋意，尽管他们都难逃一死，却活得无比高贵，因为他们身上所拥有的正是当下社会所稀缺的东西，也是无法遮蔽的、粉碎的东西。从某种意义上说，您试图在勘探个体在特殊境遇（比如遭受背叛、意外杀人）下如何剖心明志、如何审判灵魂，由此深刻揭示人性的真实性和复杂性，同时彰显出社会批判和道德重建的潜在意图。

许春樵：我们这一代作家宿命般地有一种救世的妄想，虽然徒劳，但不愿放弃。我写小说总是想着要去拯救那些遭遇生活危机的人、精神受伤的人、人性挣扎的人、灵魂绝望的人，并试图找到走出人性和命运困境的方向与出路。一心向善，慈悲为怀，这是作家应有的德性。

江飞：所以，我们看到了您小说里流露出无处不在的悲悯情怀和恻隐之心。《月光粉碎》里弥漫着一种诗性的残酷，原本明亮皎洁的"月光"变成"摇晃的月光""面粉一样粉碎的月光"，原本庸庸碌碌的姚成田一夜之间变成了身患"月光恐惧症"的"庐阳好人""致富能手"，充满着反讽和荒诞的意味。改革开放后的时代变迁与城镇化的历史进程仿佛粉碎的月光，投射在姚成田、王麻子、赵堡等各色人等身上："疯狂扩张的城市已吞没了郊区庐东镇，竹笋一样的高楼一天天向着窑厂逼近，一切都在改变，只有窑厂没有任何变化。八年过去了，但2009年4月28日晚上的粉碎的月光却一直没有在姚成田的噩梦中结束。"在变与不变、现代与反现代的对照与抗衡中，姚成田仿佛成为最后一个冥顽不化的"卫道士"，他的自杀便因此而有了某种"杀身成仁，舍生取义"的悲壮崇高的色彩，他粉碎的灵魂也因此而终于归于完整和安息——这也是小说所能给予他的最后的归宿和最高的礼赞。

许春樵：说老实话，作家实际上就是那些把自己钉在十字架上的人，心怀苍生、替人受过，为人赴难，如弘一法师所说："不为众生求安乐，但愿世人得离苦。"

江飞：您小说中的"苦"，是心灵之苦、情感之苦、精神之苦，而不是物质之苦、生活之苦，您的小说在人性的纵深地带，揭示出生活被遮蔽的真相和生命坍塌的无奈与悲怆。《遍地槐花》中的赵槐树用四十年的时间寻找并等待着一个几乎等不来的"戈多"，读者在感慨与感动中体验到命运的无常、人性的坚韧和心灵的纯净。

"傻人"赵槐树漫长而短暂的"一个人的罗曼史"，被一块"槐花牌"手表左右，他四十年的寻找与守望，正是中国改革开放四十年（1978—2018）的历史。五个特定的、具有标志性的时间将小说分为五个部分，意味着有意建立个体命运与时代命运的同步关系，也意味着变动的物理时空和不变的心理时空之间的博弈。

李槐花的一次借表和一句"等你一辈子"，让赵槐树心甘情愿、无怨无悔地走上了爱情的不归路，为此几乎搭上了自己的一生。赵槐树从青春期开始的对李槐花从一而终的爱恋，是在一种缺失爱的特定时代和环境中迸发出的执着而持久的火焰，一方面支撑着他心怀念想地努力活着，另一方面也毫不留情地燃烧耗费着他的生命，正如那早已不走的永远定格在10点07分的"槐花牌"手表，成为其为爱情坚守、为灵魂活着的象征，是希冀，也是枷锁。

小说精彩之处在于，出人意料地揭示出赵槐树与李槐花之间其实并非两情相悦，而只是前者对后者单向度的爱情，后者所说的"等你一辈子"原来不过是"等你一辈子来还我手表"的误解，而正是因为这个误解，赵槐树傻傻地献出了颠沛流离、茕茕孑立的大半生——多么残酷而真实！所有的等候未必有好的结果，但怀揣着固执的梦想，成就了一颗心的圆满与自洽。是悲是喜，是输是赢，但看遍地槐花，槐花遍地……

许春樵：如您所说，《遍地槐花》最初的创作冲动，是想在四十年改革开放物质史之外，探索这个时代的精神史和心灵史，我在给《小说月报》写的创作谈中提道："在这个情感也可以市场化并可以公开交易的现实世界，赵槐树的愚蠢而固执的寻找与等待，显然是对现实情感世界的一个颠覆，一次挑衅，一种修正。"缺什么，补什么，我尝试着把不可能写成可能，带有明显的理想主义色彩。

江飞：也可以说是浪漫主义色彩，您的小说中，严酷的现实主义与温情的浪漫主义或道德理想主义，总是那么不可思议地在文本中协调共生，相互成就。《麦子熟了》里本能的压抑、生活的窘困与欲望的决堤、心灵的失守共同撑起了这部小说，挣扎与放任，道德坚守与主动放弃，拓宽了小说极其复杂的意义空间，严酷的现实中注入了人性光芒和浪漫情愫。

我以为《在风中漫游》有着同样的质地，一个凶残的抢劫强奸杀人犯会不会因为一个年轻人的单纯和善良而放弃抢劫杀人？小说告诉我们的答案是：会的。这是一种浪漫主义，还是一种现实主义？两者共在。小说试图展示一种善恶交锋的可能性，更准确地说，是一种人性向善的现实可能性。由此，小说精心设计了两次下车的情节，表现出平头内心善与恶的激烈交锋，最终，平头"故意让他赢"，放小宝一条生路，这与其说是恶在善面前的退却，不如说这是"最初一念之本心"的回光返照。

而扰乱其本心的东西就是小说中反复出现的"霓虹灯"。"城里不好，人心比霓虹灯还乱""我讨厌霓虹灯""霓虹灯太晃眼"。很显然，使一个人眼花缭乱、内心凌乱的不是霓虹灯，而是物质欲望对精神的挤压，对心灵的遮蔽，对人性的扭曲，当然这里面也隐含着中国特色的城乡二元对立。小说有意为坏人的"恶"提供外在的社会背景，并消解"好人"与"坏人"的对立，从而形成一种人性的张力和小说的戏剧性。对于涉世未深的小宝来说，所谓的"坏人"就是那些不让他爸搭车的驾驶员，他固执地相信"一个人一辈子顶多遇到一次坏人"，恰恰是这种天真浪漫的灵魂救了他的命。

作为对照的是小说所隐含的另一条叙事线索，那就是小宝与娟子的爱情。为了自己的欲望，娟子最终弃小宝而去，跟随工头蒋大叔到海南打工。被遗弃的小宝依然天真地问："娟子会出事吗？"平头和娟子给予天真善良的小宝以不同的回应，意味深长。小宝这个人物仿佛一面镜子，照出人性的不同面向，坏人的于心不忍，好人的冷酷无情，相互映照。至于当下现实中会不会存在小宝这样的人物，不是小说考虑的问题，正如您所言："让小说进入自己的逻辑和自身的秩序中去。"

许春樵："好"与"坏"，"善"与"恶"在小说中是不可简单判断，轻易裁定的。《在风中漫游》正是对人性的一次艰难探索和困难抒写。

江飞：今天，我们围绕这本小说集做了广泛而深入的对话，本来是想引领阅读，但我们探讨的内容已经超越了阅读本身，话题涉及了小说理论、小说实践、小说审美、小说技术和小说认知，也算是跟读者进行一次更宽泛的交流。

您是学文艺学出身的学院派作家，可不可以这样说，对西方二十世纪文论、西方现代哲学有深入研究和理解，使得您在小说艺术的探索上是自觉的，是清醒的，最终形成了自己独立的小说技术观、价值观和个性化的叙事方式。

正如您在一开始说的："想要读者在小说中读出不一样的现实和人生"，这个不一样究竟在哪里，我看过您在一篇文章中说："写小说的目的是在现实的根基上，建造一个与现实完全不同的世界，这个完全不同的世界是一个道德苏醒、灵魂获救、人性向善的世界。我们现在都被扔在了水里，我们和小说中的人物都需要上岸。"如何上岸？"与内心谈判，为灵魂活着"！

许春樵：这正是我写小说从不改变的姿态。非常感谢江飞教授为这次访谈所做的精心准备和精准阅读，衷心感谢浙江文艺出版社对这本小说集的支持和厚爱。